# NOCILLA
# EXPERIENCE

**Agustín Fernández Mallo**, (La Coruña, 1967) es licenciado en Ciencias Físicas. En el año 2000 acuña el término Poesía Pospoética —conexiones entre la literatura y las ciencias—, cuya propuesta ha quedado reflejada en los poemarios *Yo siempre regreso a los pezones y al punto 7 del Tractatus* (2001), *Creta lateral Travelling* (2004), Premio Café Món, y el poemario-perfomance *Joan Fontaine Odisea [mi deconstrucción]* (2005). En 2007 fue galardonado con el Premio Ciudad de Burgos de Poesía por su libro *Carne de Píxel*. Su libro *Postpoesía*, hacia un nuevo paradigma, ha sido finalista del Premio Anagrama de Ensayo 2009. En el 2006 publica su primera novela, *Nocilla Dream* (traducida a varios idomas), que fue seleccionada por la revista *Quimera* como la mejor novela del año, por *El Cultural* de *El Mundo* como una de las diez mejores, y en 2009 fue elegida por la crítica como la 4° novela, en español, más importante de la década. Crítica y público han coincidido en el deslumbramiento que está suponiendo este Proyecto Nocilla para las letras españolas, del que *Nocilla Experience* (elegida mejor libro del año por Miradas2, TVE y Premio Pop-Eye 2009 a la mejor novela del año, incluido en los Premios de La Música y La Creación Independiente) constituye la segunda entrega de la trilogía, y que concluye con *Nocilla Lab*, elegida por la crítica del suplemento cultural de *El País*, *Babelia*, como la tercera mejor novela en español de 2009. Mantiene, con Eloy Fernández Porta, el espectáculo de spoken word, *Afterpop Fernández&Fernández*.

Blog: El hombre que salió de la tarta

# NOCILLA EXPERIENCE

## Agustín Fernández Mallo

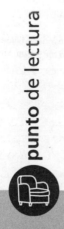

punto de lectura

© 2008, Agustín Fernández Mallo
© De esta edición:
2010, Santillana Ediciones Generales, S.L.
Torrelaguna, 60. 28043 Madrid (España)
Teléfono 91 744 90 60
www.puntodelectura.com

ISBN: 978-84-663-2343-7
Depósito legal: B-20.755-2010
Impreso en España – Printed in Spain

© Imagen de cubierta: Agustín Fernández Mallo
                    (a la nevera de la artista Ati Maier, 2007)

Primera edición: junio 2010

Impreso por Litografía Rosés, S.A.

FORAJIDO: ¿Queréis decirme qué hacemos atravesando
un desierto que ni una serpiente se atrevería a cruzar?
GREGORY PECK: Un desierto es un espacio,
y un espacio se cruza.

WILLIAM WELLMAN
*Cielo Amarillo*, 1948


WALTER BRENNAN: ¿De dónde viene, forastero?
GARY COOPER: De ningún sitio en particular.
WALTER BRENNAN: ¿Y adónde se dirige?
GARY COOPER: A ningún sitio en particular.

WILLIAM WYLER
*El forastero*, 1940


En esta vida se puede ser de todo menos coñazo.

MICHI PANERO en
*Después de tantos años,*
Ricardo Franco, 1993

¿Cómo pude ser yo quien desarrollara la Teoría de la Relatividad? Creo que fue por mi desarrollo intelectual retardado.

Albert Einstein

Entonces encontraron un cuerpo flotando en el lago, boca arriba, con el ojo derecho, el único que le quedaba, abierto y sin signos de aparente agresión humana. El volumen corporal, debido al agua ingerida, a los agentes químicos en suspensión que abarrotaban el lago y a la diferente fauna y flora que había tomado forma en los intestinos y otros conductos internos del fallecido, se había multiplicado casi por 2. Cuerpo-esponja. Saco de infusión. Cuando estamos vivos absorbemos pasado y aire; cuando morimos, química y organismos, procreación, tiempo futuro, aunque ese futuro ya de nada valga. Y no hay más. Desde la azotea se ven las partes traseras de los coches que bajan la avenida de única dirección que enfila al astillero en el borde del mar. Ninguno puede ni podrá remontarla.

# 3

Sandra hace el vuelo Londres-Palma de Mallorca. Apenas 1 hora en la que el giro de la Tierra se congela. Hojea la revista *British Airways News*. Reportajes de vinos Ribeiro, Rioja, las últimas arquitecturas *high-tech* en Berlín, ventas por correo de perlas Majorica. Sobre una foto de una playa del Caribe le cae una lágrima, pero no por culpa de la playa, ni del Caribe, ni de la gravitación que les es propia a las lágrimas. Mira por la ventanilla, lleva los ojos al frente. Ni nubes ni tierra. Constata lo que ya sabía: en los aviones no existe horizonte.

Marc estudia con detenimiento el libro que tiene delante, *Guía agrícola Philips 1968;* la encontró entre los trastos viejos de su padre y se la quedó. Observa de reojo la azotea a través de la puerta de su caseta. Vive ahí. Un tinglado, situado en lo alto de un edificio de 8 plantas, que ha ido construyendo con diferentes hojas de latas, bidones, trozos de cartones petroleados y fragmentos de uralitas. Todo ensamblado de tal modo que las 4 paredes configuran un mosaico de palabras e iconos cuarteados de aceite La Giralda, lubricantes Repsol, Beba Pepsi o sanitarios Roca. A veces los mira, y entre todo ese hermanamiento de marcas comerciales intenta descubrir mapas, recorridos, señales latentes de otros territorios artificiales. En la azotea, que ningún vecino ya frecuenta, hay una serie de alambres que van de lado a lado en los que en vez de ropa colgada hay hojas escritas, a mano y por una sola cara, con fórmulas matemáticas; cada una sujeta de una pinza. Cuando sopla el viento [siempre sopla] y se mira de frente el conjunto de hojas, éstas forman una especie de mar de tinta teórico y convulso. Si se ven desde atrás, las caras en blanco de las DIN-A4 parecen la más exacta simbología de un desierto. Las ve aletear y piensa, Es fascinante mi teoría. Cierra la *Guía agrícola Philips 1968,* la deja sobre la mesa, sale y descuelga unas cuantas hojas de los cables número 1, 4 y 7. Antes de volver a entrar se acoda en la barandilla y piensa en el Mundial que nunca hemos ganado, en que lo más plano que existe sobre la Tierra son las vías de los trenes, en que la música de *El acorazado Potemkin,* si te fijas, es el «Purple Haze» de Jimi Hendrix versioneado. Después entra en la caseta, que tiembla cuando cierra la puerta de un golpe.

Por fin han encontrado las armas de destrucción masiva. Las tenía el dictador ocultas en su propio cuerpo. Y sólo era una, cuidadosamente cosida a su estómago. Una cápsula de 1 cm$^3$ unida a un micromecanismo adjunto que podría ser activado por él mismo mediante un control remoto mental. En efecto, con tal de concentrarse precisamente en ese punto de su estómago, y dirigir ahí toda la fuerza de los pulmones e intestinos en virtud de una técnica adquirida por viejos métodos de respiración yoga, el citado micromecanismo se activaría soltando así un veneno que lo haría morir al instante. La destrucción masiva vendría dada por un *efecto cascada:* la oleada de inmolaciones en cadena que prevé el Corán Tipo-B para estos casos, a imagen y semejanza de esa otra reacción en cadena que damos en llamar «nuclear». Cristianismo, budismo, islamismo y tecno-laicismo en un solo relámpago.

En la árida estepa marrón situada al suroeste de Rusia, se alza una gigantesca construcción de cristal culminada en una cúpula, destinada a albergar todo cuanto uno pueda llegar a imaginar con tal de que eso que imagina tenga que ver con el juego del parchís. Brilla con fulgor suprafotográfico ese bloque de cristal sólidamente clavado a una tierra de nieve inmaculada y piedras sueltas. En apariencia, un espejismo. Espacios para entrenamiento, alojamiento para cursillistas y maestros, salas de videoproyecciones, laboratorios de programación computacional destinados a pergeñar partidas, gimnasios de relajación y/o concentración orientados a los momentos previos al juego, 1 biblioteca cuya única temática son las fichas rojas, otra sólo para las amarillas, otra sólo para las azules, otra para las verdes, restaurante y dietas especiales para alumnos, 1 cantina para visitantes y 2 bibliotecas dedicadas a la Historia del parchís. Se halla en las cercanías de la ciudad de Ulan Erge, en la región rusa de Kalmykia, una zona al norte del mar Caspio que tiene forma de lengua estrangulada entre las recientes repúblicas de Ucrania y Kazajstán, donde 300.000 rusos y rusas viven en la pobreza que rodea a ese gran complejo parchístico. En los mismos lindes del palacio da arranque una extensión segmentada por caminos semiasfaltados que unirá un horizonte atiborrado de postes de teléfono sin línea. Suele verse por allí alguna mula que se ha perdido; posiblemente duerma en una caseta de antiguos trasformadores eléctricos y paste entre las antenas de radio y televisión que fueron plantadas en su día. Esa piel de antenas se dibuja dentro de un círculo de borde irregular de 2 kilómetros de radio en torno al palacio del parchís, pero no tiene nada que ver con el parchís: el gobierno ruso ubicó allí todo ese antenaje debido a las excelentes condiciones que ofrece la región en cuanto a altura, ausencia de interferencias y privilegiada situación fronteriza euroasiática. La idea del palacio había partido del presidente de la región, Iluminizhov, que como fanático jugador de ese deporte invirtió decenas de millones de euros en materializar su fantasía, obtenidos tanto de las arcas del estado como de insólitas alianzas con Gaddafi o Sadam Husein. La zona está tan arruinada que los refugiados de la guerra de Chechenia que pasan por allí se van porque no encuentran agua potable; no pocos hallan ahí la muerte que no encontraron en el campo de batalla. Los pueblos nativos de esa estepa fueron nómadas que aún conservan parte de esa forma de vida. Cuando les echan de algún lugar, o se ven sin recursos, desmontan sus casas, de las que dejan sólo los cimientos, y se van con los ladrillos, ventanas, cocinas y lavabos apilados en furgonetas y carros a otra parte. Pero el palacio del parchís está inmaculado y vacío desde que se construyó, hace ahora 10 años. Ni siquiera nadie lo ha inaugurado, y mucho menos usado o habitado. Dentro sólo se oye el viento que fuera golpea. Los libros están en sus estantes, los ordenadores cargados de programas, los platos de las cocinas limpios y perfectamente superpuestos, la carne intacta en las salas frigoríficas, los tableros de colores en las vitrinas y las fichas y cubiletes encubando teóricas partidas. También hay una radio que un obrero se dejó encendida.

Saigón, mierda, aún sigo solo en Saigón. A todas horas creo que me voy a despertar de nuevo en la jungla.

*Apocalypse Now*, Francis Ford Coppola

Mohamed Smith es un crío de 4 años, concebido y nacido en Basora durante la ocupación norteamericana de Irak. Va todos los días al colegio anglomusulmán, de reciente creación, de la mano de su padre, John Smith, ex marine, quien le cuenta anécdotas de la guerra, como cuando anclaban una cuerda en una azotea y bajaban a *rapell* hasta el piso en el que existía sospecha de la existencia de un grupúsculo suní integrista. Tiraban entonces una granada de baja potencia a través de la ventana y subían de nuevo por la cuerda a toda prisa hasta la azotea, en la que sentían la detonación: durante un par de segundos temblaba levemente el terrazo, un cosquilleo bajo sus pies que los soldados comparaban con la vibración que debe de sentir una hormiga cuando camina por la piel de un tambor apenas golpeado. Era un día de mucho frío, y John había tirado la cuerda fachada abajo, que se desplegó como un laberinto animado. Piso 6, piso 5, piso 4, piso 3, rompió con el arma el cristal y empuñó la granada. Los ojos de una joven irakí que cocinaba en el suelo de una sala de estar se encontraron con los suyos; ni suplicó ni lloró, tan sólo miró al soldado como quien desde un avión no ve ya ni cielo, ni nubes, ni pájaros, ni sol, únicamente esa metálica extensión del cuerpo que es el ala de un Boeing temblando bajo una fuerza que sólo parte de uno mismo porque ahí fuera ya no hay horizonte, ya no hay nada.

*Imagina que escuchas una canción por primera vez que inmediatamente te encanta, es fantástica. ¿Qué tiene esa canción para ser perfecta?:* Probablemente que sea corta. El single perfecto es de unos 2 minutos y 50 segundos.

Entrevista a Eddie Vedder, líder de Pearl Jam,
*El pop después del fin del pop,* Pablo Gil,
Ediciones Rockdelux, 2004

Antón es un percebero que vive en el pueblo de Corcubión, La Coruña, España. Su casa no está directamente en el puerto, sino que, aislada, hay que alejarse un par de kilómetros monte arriba para encontrarla. No obstante, Antón ve el mar, e incluso lo escucha cuando de noche el viento aúlla en dirección favorable. Soltero, 37 años. El oficio de percebero es un oficio curioso. Se trata de, en lugares de antemano señalados, donde el mar pega más violentamente, descender por el acantilado sujeto a una cuerda para llegar hasta donde se supone que crían los percebes: el punto justo en el que rompen las olas y esas 2 fases de la materia que son lo sólido y lo líquido se confunden para perder entidad y definición precisas. Cuando menos te lo esperas, donde hace un segundo había roca y molusco ahora hay espuma y aguas vectoriales, pura fuerza. Cada año varios hombres pierden la vida. Pero hay un truco. El compañero que se queda arriba cuenta las olas, y sabe que cada 10 o 15 pequeñas siempre vienen 3 muy grandes y seguidas a las que apodan *las 3 marías,* y entonces da un grito, tira de la cuerda y Antón sube rápidamente a pulso gitano. En Corcubión, y en gran parte de la Costa de la Muerte, a Antón le llaman Profesor Bacterio debido a su alopecia craneal, su larga barba oscura y una rotura de hueso que tiene en mitad de la nariz; también porque ya de pequeño no paraba de hacer experimentos con los percebes, que son seres muy vivos. En efecto, como los nómadas, viven en esa frontera de lo líquido-sólido-gas, sólo que ellos, aferrados a la roca, no se mueven, y es entonces la auténtica frontera del mundo hecha agua la que se vuelve nómada y cada 3 segundos viene a ellos, como si no les afectara que en los límites de la materia no estén ni los bordes ni los vértices sino la antimateria, como si no les afectara que su vecino de enfrente más cercano sea un palo vertical de fresno que en la bahía de Nueva York numera la marea en decimales.

1922. Ante un auditorio japonés, Albert Einstein cuenta cómo, a finales de 1907, se le ocurrió la idea: «Estaba sentado en mi mesa, en la oficina de patentes, cuando, de repente, un pensamiento me vino a la cabeza: *si alguien cae libremente no siente la fuerza de la gravedad; no siente su propio peso*. Me quedé sobrecogido. Esa idea tan simple dejó una profunda huella en mí y fue la que me impulsó hacia una Teoría de la Relatividad General. Fue el pensamiento más afortunado de mi vida». Einstein, a la vez que la creó, borró la gravedad de un plumazo. Crear objetos, procrear, generar masa gravitante, consiste en intentar descubrir, sin éxito, adónde fue a parar toda esa fuerza.

John volvió a ver los ojos de la joven irakí en un mercado de Basora. Ella compraba comida, él vigilaba desde una tanqueta, y se bajó en marcha. Cuando ella lo reconoció, el medio kilo de pimientos rojos recién pagados rodó por el suelo; tras dar el último giro brilló bajo el sol y ella dijo, No me hables ahora, estaré esta noche en el Rachid. El Rachid era un restaurante de las afueras: comida de carretera para los camioneros que hacían la ruta del petróleo desde el Kurdistán, carreteros ambulantes que vendían sandías y melones, y gente así. John llegó tarde porque intuía que trabajaba de cocinera, pero llegó tan tarde que todo estaba a oscuras. Detectó luz bajo una puerta. Daba a una especie de trastienda con olor a especias donde, ante 3 hombres sentados en una mesa circular sobre la que había varios fajos esparcidos de papeles repletos de fórmulas incomprensibles para John, gesticulaba ella cuando él entró sin llamar. Unos cuantos PCs clónicos parpadeaban al fondo. Todos se sorprendieron. Él traía medio kilo de pimientos rojos en una bolsa transparente. Pensó de inmediato que se trataba de algo relacionado con la guerrilla o la industria militar, pero ella dijo de inmediato, No pienses lo que no es, somos arquitectos. Le explicaron que pertenecían a una red global denominada Arquitectura Portátil, cuyo objetivo consistía en diseñar y elaborar viviendas de bajo coste y gran movilidad, pensando sobre todo en los países en los que hay conflictos armados de larga duración, donde la población se ve obligada a un perpetuo nomadismo. Y ella concluyó, Por ejemplo, esta misma casa prefabricada en la que ahora estamos, viene un helicóptero, la engancha así, tal como está, y en 5 minutos la deja en donde quieras. 9 meses más tarde, en el hospital de campaña JFK, Basora, nacía Mohamed Smith. Hay personas que se pierden en lugares que a nadie importan.

# 13

Sandra, original de Palma de Mallorca, España, vive en un piso de la calle Churchill, al lado del Museo de Historia Natural de Londres, en el cual trabaja. Se trasladó cuando le dijeron que para ampliar su estudio del dinosaurio T-Rex debía ir allí donde más saben de él. En el museo ayuda a Clark, director de proyectos, quien le ha tomado afecto por lo bajita que es. No es cierto, ha pensado Sandra, que en Londres siempre llueva, aunque sí hace una temperatura siempre baja que provoca la sensación de vivir en un lugar neutro, químicamente plano; quizá por eso los londinenses sean tan extravagantes e inquietos. Sandra sabe que todas las modas y artes interesantes se originan en Londres aunque luego sean Milán y Nueva York quienes las pulan y divulguen. Ha cambiado en el rastro de Camden Town una diadema de colores de chiringuito que se trajo de Mallorca por una corbata negra *mod* estampada con el logo de Colgate. ¿Te gusta? Bueno, no está mal, responde Jodorkovski tirando de su mano mientras ella se mira en un escaparate. Dentro del Museo de Historia Natural, al lado de las habitaciones donde Sandra lleva a cabo investigaciones, hay una tienda de *souvenirs* en la que venden un llavero con forma de dinosaurio cuyo cerebro es una pequeña brújula. Sandra nunca ha soportado perder el sentido de la orientación, así que cuando viaja en metro saca el llavero del bolso y observa la esfera magnética a fin de saber en qué dirección va el tren en ese momento. La gente al verla piensa que pertenece a una especie de equipo urbano dedicado a buscar objetos escondidos en diferentes puntos de la ciudad. Pero lo que ella busca es una piel perdida hace millones de años. Encontrar huesos, ordenarlos, estudiarlos, es fácil, piensa, no requiere más que un completo peinado de la superficie terrestre; cuestión de tiempo. Lo verdaderamente difícil es encontrar la piel, ahora reducida a partículas y polvo, de aquel dinosaurio, su disuelta frontera con el mundo, el espejo desplegado de todos sus sucesos, la pieza que, en definitiva, conecte las imágenes acumuladas en aquella bestia llamada T-Rex con su ordenador portátil, con el logo de Colgate de su nueva corbata, con las tarjetas de embarque de los vuelos Palma-Londres, con su piel de joven extranjera de 23 años.

El término *seguidor cultural* se ha empleado para describir mamíferos, lagartos, aves, insectos y microorganismos que han evolucionado específicamente en relación con las sociedades humanas en todo el mundo. Estos animales han desarrollado pautas de comportamiento que les permiten prosperar en una relativa intimidad con las personas, en un hábitat cada vez más artificial.

Entrevista con un seguidor cultural,
Matthew Buckingham, 1999

Lo que queremos decir es que Mihály trabaja en un hospital cuya edificación data de 1925, radicado en la ciudad de Ulan Erge, suroeste de Rusia, entre Ucrania y Kazajstán. Este hospital en su día llegó a ser un centro de referencia en cirugía pediátrica al que la burocracia estaliniana ladrillo a ladrillo fue desprestigiando, y al que la caída del Muro de Berlín terminó por derribar. Aunque las grandes cristaleras sujetadas por no menos impresionantes pilares de acero sigan en pie, hace tiempo que los pacientes y el personal sanitario no ven en ellos el orgullo de su propio reflejo cuando miran a través, sino únicamente la vasta extensión de una ciudad coloreada por aritméticos grafitis, bloques de edificios de los años 50 y ruedas de bicicleta. Incluso Mihály vio un día la foto del hospital en una página web dedicada a ruinas arquitectónicas del siglo 20, junto a otras estampas de fábricas alimentadas por carbón, centrales nucleares desmanteladas e inoperantes altos hornos. Bajo la foto se leía: «Antiguo almacén de carne de vacuno, Ulan Erge, 1907». Mihály es cirujano de partes blandas, lo que aquí significa *de todo menos de huesos*. Le avisan por megafonía para que acuda inmediatamente al quirófano. Atraviesa a toda prisa pasillos de azulejo. Una simple apendicitis de un adolescente que comió 1 kilo de caramelos en menos de 1 hora, una operación que podría hacer con los ojos cerrados, así que en tanto disecciona recuerda a Maleva, la joven becaria de medicina general a la que conoció hace 3 o 4 años y de la que se enamoró sin ser enteramente correspondido. Habían coincidido en la cola del comedor y él le explicó dónde coger el pan y los platos.

Ella abría el brócoli con los cubiertos como quien abre su propio cerebro. Eso estaba bien. Después, tras varios saludos apresurados en quirófanos y en salas de curas, una tarde-noche que Mihály se había quedado a terminar informes atrasados se dieron de bruces en uno de los antiguos pasillos que ya nadie frecuentaba y que comunicaba [aún comunica] las 2 alas más modernas del complejo hospitalario. Se besaron. A ciegas atravesaron una antigua puerta sobre la que ponía Estudios de Medicina Dialéctica, y apartaron también a ciegas todo tipo de herrumbrosos aparatos metálicos que se apilaban sobre una mesa, para, al final, negarse ella a consumar el acto: lo emplazó a la semana siguiente, en su propia casa. Mihály anotó la dirección en la manga de la bata; lo primero que encontró. Algo nunca visto le trae de súbito del recuerdo de Maleva a la apendicitis que tiene entre sus manos: ha encontrado en el apéndice del muchacho un cofre de plomo del tamaño de un dedal. Lo observan todos detenidamente; lo abren. Dentro hallan una cápsula que tiene adherida una etiqueta en la que pone, *Iodine-125 (^{125}I) Radioactive,* isótopo perfectamente protegido por un envoltorio de parafina que el muchacho intentaba pasar de contrabando de Ucrania a Kazajstán, confesó cuando se despertó de la anestesia.

*Por la manera en que trabajas el sonido en texturas, ¿te sientes como un escultor o un arquitecto?:* Es una buena analogía. Como un arquitecto, sí, porque para mí las baterías son los cimientos. Una vez que tienes los cimientos, cada planta que añades al edificio es más y más difícil. Añadir más cosas que puedan ayudar, y que formen parte del conjunto, es algo aún más complicado; sería como si construyeses un edificio que se va haciendo más pequeño conforme aumenta la altura.

Entrevista a DJ Shadow,
*El pop después del fin del pop,* Pablo Gil,
Ediciones Rockdelux, 2004

Saigón, mierda, aún sigo solo en Saigón. A todas horas creo que me voy a despertar de nuevo en la jungla. Cuando estuve en casa durante mi primer permiso, era peor, me despertaba y no había nada, apenas hablé con mi mujer, salvo para decirle «sí» a su petición de divorcio. Cuando estaba aquí quería estar allí, cuando estaba allí no pensaba más que en volver a la jungla.

*Apocalypse Now,* Francis Ford Coppola

Marc consulta la *Guía agrícola Philips 1968*. En la sección «Establos para vacas y otras dependencias» hay un apartado en el que se describe cómo improvisar un lavabo para el aseo antes del ordeño manual. Le da vueltas al croquis para adaptar ese aseo a su caseta. No es capaz de concentrarse. El asunto que lo distrae es una teoría que hace años que tiene en marcha, enmarcada en algo más amplio que él denomina *socio-física teórica*. El radio de acción, el banco de pruebas para su constatación, no pasa de 2 o 3 manzanas en torno a su azotea. En el barrio encuentra todo cuanto necesita: comestibles, conversaciones banales y ropa de temporada en tergal. La pretensión de su teoría consiste en demostrar con términos matemáticos que la soledad es una propiedad, un estado, connatural a los seres humanos superiores, y para ello se fundamenta en una evidencia física bien conocida por los científicos: sólo existen en la naturaleza 2 clases de partículas, los fermiones [electrones y protones, por ejemplo] y los bosones [fotones, gluones, gravitones, etcétera]. Los fermiones se caracterizan por el hecho, ampliamente demostrado, de que no puede haber 2 o más en un mismo estado, o lo que es lo mismo, que no pueden estar juntos. La virtud de los bosones es justamente la contraria: no sólo pueden estar varios en un mismo estado y juntos, sino que buscan ese apilamiento, lo necesitan. Así, Marc toma como reflejo y patrón esa clasificación para postular la existencia de personas solitarias que, como los fermiones, no soportan la presencia de nadie. Son éstas las únicas que le merecen respeto alguno. Aparte, están las otras, las que como los bosones se arraciman en cuanto pueden bajo asociaciones, grupos y demás apiñamientos a fin de enmascarar en la masa su genética mediocridad. A estos últimos Marc los desprecia, por eso no es extraño que a él no le importe cómo marcha el mundo, ni si hay pobreza o riqueza, ni si sube o baja el precio de la fruta o el pescado, ni las manifestaciones, colectividades, partidos políticos, religiones u ONGs. Por supuesto, tiene por auténticos modelos de vida elevada, de vida esencialmente *fermiónica*, a Nietzsche, Wittgenstein, Unabomber, Cioran y sobre todo a Henry J. Darger, aquel hombre que jamás salió de su habitación de Chicago. Además, Marc, como todo fermión, hace tiempo que dejó de frecuentar mujeres y amigos. Su única conexión estable con el mundo es la red internauta. Domingo, son más de las 4 de la tarde, la gente está en la playa; él aún no ha comido. Por entre las uralitas de la caseta entra un pincel de luz que incide sobre la tecla 0 del PC. Tiene sonando el CD de Sufjan Stevens, *The Avalanche,* y pone repetidamente la canción «The Vivian Girls are Visited in the Night by Saint Dargarius and his Squadron of Benevolent Butterflies», mientras termina de dar los últimos retoques a una demostración de la cual se siente muy satisfecho. Sale a la azotea con el folio en la mano, y en los tendales que conforman la retícula lo cuelga en la posición, x=10, y=15. No hay nada mejor para comprobar la firmeza de una teoría que airearla antes de propagarla, piensa.

Una mujer llamada Cynthia Ferguson, licenciada en Medicina por la Universidad de Columbia, ha escrito el libro *Historia universal de la piel,* un tratado que abarca desde las enfermedades de ese órgano a la antropología, usos y costumbres asociados a ella a lo largo de un amplio abanico de culturas y razas. Cuenta que todo se le ocurrió cuando, en las prácticas de cirugía que ella supervisaba en la universidad, todos los alumnos tenían un miedo impresionante al primer tajo de bisturí, cortar la piel les producía una desazón y grima que incluso algunos no podían soportar. Sin embargo, en cuanto metían las manos dentro de la brecha y tenían que acometer auténticas carnicerías en los órganos internos, ese rechazo desaparecía, y hasta se divertían de la misma manera que los niños cuando juegan con el barro o a las cocinitas. Eso le hizo ver el poder de ese órgano que mide 2 m$^2$ en un ser humano estándar; el órgano más extenso que existe.

Basora. Cada mañana John deja en el colegio a Mohamed, que hoy tiene 2 horas continuas de clase de dibujo. Después se va a trabajar a la cocina del Rashid. A Mohamed y a sus compañeros de aula les dan papel, ceras y rotuladores, y el niño siempre pinta a un hombre que baja por la pared de un edificio con una cuerda; al fondo, pone un horizonte y unas palmeras, pero cuando la profesora le pregunta qué es todo eso, él siempre responde, Medio kilo de pimientos rojos que se han caído al suelo y brillan bajo el sol.

Según cierto filósofo llamado Heráclito, nada es constante, todo muta y no nos bañaremos 2 veces en las mismas aguas de ese río que, en una imagen clásica, viene a ser la vida. En ese sentido, es muy curiosa e ingenua la teoría hinduista de la reencarnación, ya que, en efecto, todo muta y a cada segundo morimos y nos reencarnamos, morimos y nos reencarnamos, morimos y nos reencarnamos, etcétera. [Aparte, hay algo que aún no se entiende: la cuerda, el hilo, gracias a Ariadna, fue lo primero que conocimos como método eficaz para comunicarnos a distancia. Tardamos siglos en desprendernos de él hasta formalizar eficazmente las comunicaciones inalámbricas en antenas, códigos electromagnéticos y satélites inmediatos. Ahora están excavando las calles de todas las ciudades a fin de cablearlas [fibra óptica o equivalentes], y esta vuelta al origen, al hilo de Ariadna, no es sólo simbólica pues constantemente hay que detener las excavaciones al encontrarse restos de conductos antiguos, alcantarillados griegos, calzadas romanas: primigenios cableados. Esto, en cierto modo, sí que constituye una auténtica reencarnación hinduista, pero de lo inorgánico.] [Aunque ya digo, aún no se entiende.]

Hoy a Marc le ha llegado un e-mail de Sandra. Hace mucho tiempo que no se ven. En él le cuenta que Londres es una ciudad increíble, que su investigación paleontológica va viento en popa, pero que lo mejor es el pulso racheado de la ciudad. Ha conocido a Jodorkovski, un artista del Este que «tendrías que verlo, Marc; es un genio». Ella ya se había percatado de la existencia de unos puntos de colores que moteaban las aceras de su barrio, lunares circulares del tamaño de una moneda. Cuanto más se fijaba, más lunares descubría. Unos, perfectamente circulares y de contorno suave, estaban pintados de color negro o blanco, pero los otros, de contorno quebrado e indefinido, representaban en miniatura escenas en color de hombres y mujeres cogidos de la mano, de animales pastando, de casas y palacios, así como coches en movimiento y todo tipo de escenas urbanas. Tan atraída estaba por el fenómeno que una noche se quedó con cualquier excusa en el museo para observar desde la ventana uno de los pocos trozos de acera en los que aún no había lunares. Así, se llevó un termo con café, galletas y un CD de Beta Band, cuyos acordes salían de los pequeños bafles del PC para ser absorbidos por fósiles y salas victorianas. A eso de las 11 separó un haz de cortina y echó un vistazo a la calle; a su espalda T-Rex, en la sala principal, con sus 18 m de largo y 9 de alto, vigilaba una oscuridad prácticamente edificada. Esperó, pero no vio nada. Cansada, a las 3 de la madrugada se quitó la falda para quedarse en pantys, apagó la música, dejó la brújula junto al teclado y se durmió en el colchón que William, un compañero, había llevado por si a alguien le cogía la noche en pleno trabajo. Esta secuencia se repitió hasta el octavo día, en el que una silueta que por momentos iba ganando solidez apareció al fondo de la calle empujando un carrito de la compra; sería la 1 de la madrugada. Se detuvo más o menos delante del museo. Un hombre, corpulento, extrajo del carrito unas cuantas latas de pintura, un pincel y, arrodillado, comenzó a motear la acera. De repente, Sandra, tomada por un insospechado pudor, no se atrevió a continuar mirando, colocó la brújula junto al teclado y se acostó. No se durmió hasta que oyó de nuevo las ruedas del carrito crujir calle abajo. A la mañana siguiente se fijó en la acera y encontró lunares de colores pintados cada uno de un solo color, sin figuraciones de ninguna clase. Pocos días más tarde, de mañana, cuando entraba al museo, se topó con ese hombre en el mismo lugar y se paró a su lado. Él la miró, ¿Te gusta?, le dijo. Bueno, no sé, está bien, ¿qué es? Me molestan los chicles, contestó él sin apartar la vista del suelo, y continuó, Termino el trabajo que dejé inconcluso la otra noche. Ella hizo un silencio y preguntó, ¿Cómo que chicles? Él levantó la vista, que mantuvo unos instantes, antes de decir, Mira, ahí enfrente hay un café, invítame a desayunar y te lo cuento, me llamo Jodorkovski, pero prefiero que me llamen Jota, mi primera letra, Jota. Y ella repitió para sí un par de veces, Jota. Sentados, él, en tono grave, aplomado, le contó que estaba harto de ver tantos chicles pegados en las aceras y que se había decidido a pintarlos. Ella escuchaba las palabras de aquel rubio de ojos claros y dedos como habanos, y le preguntó, Pero ¿por qué los perfectamente redondos los pintas negros o blancos, y los de contorno irregular de colores? ¿Tú sabes lo que es el cáncer?, preguntó él a su vez. Claro, dijo ella. Y él continuó, ¿Y tú sabes lo que es un tipo de cáncer llamado melanoma? Sí, volvió a responder ella, Claro que también lo sé, soy bióloga, es un cáncer que se manifiesta con una especie de lunares en la piel. Exacto, interrumpió él, Pues lo que no sé si sabes es que en los melanomas el contorno del lunar siempre es irregular, por eso yo pinto los chicles irregulares de colores, para embellecer este cáncer londinense que son los pegotes en las aceras. Esa noche no pude terminarlo porque fui al cine, a sesión de madrugada, por eso me acerqué esta mañana a pintar. Ah, vale, contesta Sandra. Se quedan unos segundos en silencio; ella dice, ¿Y qué peli fuiste a ver? Él responde, *Viaje a Italia,* de Rossellini, que la reponen en el Royal Box. «Después supe, Marc, que Jota era de una ciudad llamada Ulan Erge, que está en una región rusa llamada Kalmykia. Te mandaré una foto, es muy guapo. La verdad es que me encanta este tío. Cuéntame algo de cómo te va. Por cierto, ¿escuchaste el CD de Sufjan Stevens que te envié? ¿Sigue aún en pie tu caseta? Escríbeme pronto.»

Dentro sólo se oye el viento que fuera golpea la alambrada. Los libros están en sus estantes, los ordenadores cargados de programas, los platos de las cocinas limpios y
perfectamente superpuestos, la carne intacta en las salas
frigoríficas, los tableros de colores en las vitrinas y las fichas y cubiletes encubando teóricas partidas. También
hay una radio que un obrero se dejó encendida, «... hasta
aquí las palabras de Su Majestad el Rey. Y en la ciudad de
Lugo, los vecinos se han despertado con la lamentable
noticia de que unos desconocidos han pintado en el transcurso de esta noche una línea amarilla a lo largo de toda la
muralla romana, original del siglo 3, que rodea la ciudad.
No hay indicios de quiénes puedan ser los autores del van-
dálico acto. Sigue la mañana en Radio Nacional de España, Radio 5, todo noticias...».

Anochece. El encargado ya se ha ido. Ernesto, desde su ca-
bina en lo alto de una grúa del puerto de Downtown, en
el bajo Manhattan, sumerge en el agua un contenedor de
carga vacío y sin tapa, un contenedor de los del puerto
que ha enganchado a la grúa con unas cintas. Espera unos
minutos, mira el horizonte, que hoy está algo quebrado,
después le da a la palanca que eleva el contenedor y éste
emerge lleno de agua hasta el borde como una piscina su-
cia. Por las juntas y pequeños agujeros de ese cubo metálico comienzan a salir chorros de agua de la manera en que
ocurre en un colador y, al final, en el fondo, quedan boyas
pinchadas, trozos de madera, latas vacías, maromas rotas,
otras clases de objetos, y los peces. Como en los contene-
dores de carga y descarga siempre quedan restos de mer-
cancía, los peces acuden a ellos en masa; el trigo es lo que
menos les gusta; la carne salada de vacuno, lo que más.
Agarra unos cuantos que aún saltan, los mete en una bolsa de deporte Atlanta '96, y el resto lo devuelve al mar.
Cada 2 o 3 días repite esa operación. Ernesto es original
de la isla de Kodiak, sur de Alaska. Sus familiares fueron,
en 1957, los primeros puertorriqueños que emigraron a
territorio alaskeño para trabajar, inicialmente, como pesca-
dores, y más tarde montar un bar de comida puertorri-
queña que no tardó en convertirse en una modesta pero
rentable cadena circunscrita a ese territorio polar. Como a
la edad de 7 años Ernesto ya mostraba gran interés por el
dibujo técnico y las construcciones, se decidió que llegado
el momento iría a la Universidad de Columbia, Nueva
York, a estudiar Arquitectura. Así las cosas, con 17 años

Ernesto se trasladó a Manhattan, donde hizo un par de cursos con resultados bastante buenos, hasta que se cansó y comenzó a trabajar manejando esa grúa en el mismo puerto al que el 17 de abril de 1912 llegaron los supervivientes del *Titanic* a bordo del buque *Carpathia*. Un trabajo muy bien pagado y considerado como privilegiado en los ambientes portuarios. Continúa apasionándole la arquitectura, pero no como obligación sino por puro entretenimiento. Se aloja en un modesto piso de Brooklyn, así que cada día tiene que cruzar el homónimo puente que conecta Manhattan con el Continente. Siempre que lo cruza piensa en el estrecho de Bering. Y en los peces que en la bolsa Atlanta '96 de vez en cuando avisan de su muerte con 2 o 3 coletazos.

En 1998, en el Museo Estatal del Trabajo y la Tecnología de Mannheim, Alemania, se desarrolló una exposición chocante y controvertida llamada Körperwelten, o El Mundo del Cuerpo Humano. En la exposición se exhibieron 200 partes corporales y figuras de tamaño natural. No eran exactamente esculturas ni cuerpos moldeados convencionales. Se trataba de cadáveres humanos de verdad, o de partes de cuerpos reales. El artista, Gunther von Hagens [también médico y profesor de Anatomía en la Universidad de Heidelberg], conservó y preparó los cuerpos mediante un proceso de embalsamado llamado *plastinación,* que proporciona firmeza y plenitud a tejidos y órganos corporales para que puedan exhibirse de manera convincente. Von Hagens dispuso una figura sobrecogedora, con todos sus huesos y órganos a la vista, y su piel arrancada y doblada como un ropaje sobre el brazo. A otro cadáver lo despojó de piel y carne, dejando sólo huesos y músculos. El cuerpo balanceante de un hombre estaba desmembrado, con las diversas partes colgadas de un hilo de nailon. Otro cuerpo pertenecía a una mujer embarazada de 5 meses y revelaba el feto en su interior. Von Hagens continúa *plastinando* cuerpos destinados a exposiciones en el mundo entero.

Lori B. Andrews y Dorothy Nelkin,
«Bio-coleccionables y exhibición corporal»,
revista *Zehar,* nº 45, 2001

Jota y Sandra suelen quedar a las 7 de la tarde en el pub que él frecuenta desde que llegó a Londres. Toman un par de cervezas y charlan con los habituales. Sandra allí se ha enterado de que en los ambientes artísticos de la ciudad a Jota se le conoce por el Oncólogo. Una noche que bebieron de más, él se puso nostálgico y le contó que lo que más le gustaba era jugar al parchís, y que en su región natal había sido profesional. Le habló entonces de un gran palacio de cristal sólo dedicado a ese deporte, *esa ciencia,* decía él, construido años atrás en las cercanías de su ciudad. Cuando lo contaba hablaba de una cúpula inmensa indemne al frío y al calor, algo sublime que, como el vodka, sólo en la estepa rusa podía darse. Se extendía glosando tipologías de cubiletes, tableros, fichas, dados, tácticas y psicología aplicada, Un mundo complejo, Sandra, para la simplicidad de 4 colores, le decía, Por eso pinté los chicles de la acera de la entrada a tu museo de esos 4 colores, los del parchís, porque el parchís y la evolución de las especies que ahí estudiáis tienen mucho que ver: ambos están basados en 3 o 4 reglas muy simples, y sin embargo son complejos ejercicios de supervivencia, y es que ¿sabes una cosa?, el ajedrez, por ejemplo, es un deporte muy sencillo porque en algún sitio todas las partidas están ya escritas, sólo hay que analizarlas con una computadora, pero el parchís se fundamenta en la tirada de un dado y esa emersión del azar a lo real es lo más complejo que una persona pueda llegar a imaginar. Entonces ella alzó la jarra y brindó. Esa noche pusieron por primera vez el colchón bajo la panza de T-Rex, costumbre que fueron adquiriendo.

Si dejamos de mirar el paisaje como si fuese el objeto de una industria podremos descubrir de repente una gran cantidad de espacios indecisos, desprovistos de función, a los que resulta difícil darles nombre. Este conjunto no pertenece ni al dominio de la sombra ni al de la luz. Está situado en sus márgenes: en las orillas de los bosques, a lo largo de las carreteras y de los ríos, en los rincones más olvidados de la cultura, allí donde las máquinas no pueden llegar. Cubre superficies de dimensiones modestas, tan dispersas como las esquinas perdidas de un prado [las cunetas]. Son unitarios y vastos como las turberas, las landas y ciertos terrenos yermos surgidos de un desprendimiento reciente. Entre estos fragmentos de paisaje no existe ninguna similitud de forma. Sólo tienen una cosa en común: todos ellos constituyen un territorio de refugio para la biodiversidad. En todas las demás partes ha sido expulsada. Propongo el nombre de Tercer Paisaje. Tercer Paisaje remite a Tercer Estado [no a Tercer Mundo]. Es un espacio que no expresa ni poder ni sumisión al poder. Se refiere al panfleto de Sieyès de 1789:

«¿Qué es el Tercer Estado?: Todo.

¿Qué ha hecho hasta ahora?: Nada.

¿Qué aspira a ser?: Algo.»

*Manifiesto del Tercer Paisaje,* Gilles Clément, edit. Gustavo Gili, 2007

Una mañana de mayo de bastante calor, Marc se encontraba durmiendo cuando oyó cómo se abría la puerta por la que se accedía a la azotea. En un principio no se inmutó, sólo despegó unos centímetros las sábanas del cuerpo en respuesta a un estímulo de alerta. Tras unos instantes, comenzó a oír pasos, pero no avanzaban, sino que parecían caminar de adelante hacia atrás; a veces en círculos. Se levantó y abrió de golpe la puerta. A través de los folios cubiertos de fórmulas que mediaban en los tendales quedaron enfrentadas su figura, enclenque y sólo cubierta con unos calzoncillos, y la de un hombre en el otro extremo de la terraza. Se miraron en silencio. Era alto, muy alto, con barba, y con los ojos separados como los de un pez; se metió las manos en un espeso abrigo de *tweed* y avanzó hacia la puerta de la caseta bajando la cabeza cada vez que pasaba bajo algún cable. Hola, dijo Marc. El hombre no respondió, sólo levantó la mano con un movimiento pesado y desvió un poco su trayectoria para acercarse al borde de la terraza, Qué iguales se ven las cosas desde aquí arriba, dijo como si no se dirigiera a nadie. Marc insistió, Hola, ¿quiere algo? Comprobó que era bastante más alto de lo que inicialmente le había parecido, sobre todo cuando cogió una silla de plástico de jardín que Marc había rescatado del desguace de un chalet y se sentó en ella de la manera en que se sientan los mayores en las sillas de colegio, estreñido. Encendió un cigarrillo, no sin antes ofrecerle uno a Marc, que rehusó, y se quedó mirando fijamente las chapeadas paredes de la caseta. Marc entró, se puso algo de ropa y abrió un cartón de leche al que dio un par de sorbos justo antes de salir apremiado por la voz de aquel hombre, Muchacho, ¿sabes una cosa? Marc, con el cartón de leche en la mano, apoyado en la puerta, dijo, ¿Qué? Pues recuerdo una mañana, en mi casa de París, hablo del año 1961 o por ahí, yo estaba medio sentado en la cama, con la espalda apoyada en la pared, sé que tenía sintonizada una emisora que hablaba de no sé qué, y estaba con la vista fija en la pared de enfrente, en un tablón de madera mal puesto en el que yo había ido clavando con chinchetas fotos que me gustaban, recortes de prensa, entradas usadas de cines y conciertos, ofertas de varias marcas de comida, y cosas así, yo en aquel tiempo era pobre pero no pensaba en el futuro, los exiliados no vivíamos tan mal en París porque nos hacíamos pasar por estudiantes, París siempre fue una ciudad muy hospitalaria con los estudiantes, pero a lo que iba: aquella tarde yo miraba esa pared sin mirar, abstraído, no sé qué estaba pensando, quizá en una mujer, o en nada, y entonces en aquella maraña de fotos y recortes que tenía enfrente descubrí una línea hasta entonces inapreciable que recorría sinuosamente ese *collage* de arriba abajo, pasando por determinadas fotos, letras, fragmentos, de manera que siguiéndola se te revelaba una composición hasta entonces oculta. Y esa imagen suma constituyó el hilo conductor de las que después se convertirían en mis 2 grandes obras maestras, Rayuela A y Rayuela B, o lo que es lo mismo, *Rayuela* y mi Teoría de las Bolas Abiertas. Marc le preguntó de inmediato, ¿Rayuela B, Teoría de las Bolas Abiertas, qué es eso? Pues, contestó, A medida que escribía una obra llamada *Rayuela,* paralelamente elaboraba una teoría que daba cuenta en clave matemática de cada uno de sus fragmentos, lo que después llamé Teoría de las Bolas Abiertas o Rayuela B. Sí, muchacho, partiendo del hecho de que cada persona está constituida, además de por su propio cuerpo, por el espacio esférico inmediato que le rodea, esfera en donde se dan toda clase de flujos empáticos, simpáticos y antipáticos, así como el alcance de la respiración, la intrusión de las respiraciones de otros, los sonidos de quienes hay en su entorno, olores e intuiciones primarias, etcétera, podemos definir a la especie humana como un conjunto de bolas abiertas que a veces se intersecan y otras se repelen. Pero esta Rayuela B me la guardo para mí, muchacho; esto no se enseña. Marc se queda pensativo, el hombre se levanta y le dice señalando con el cigarro el *collage* de las paredes de la caseta, Observa bien, muchacho, hay mucho material ahí, mucho material. Marc, emocionado, echa otro trago al cartón de la leche y le dice, Oiga, ¿y sabe usted lo que es la Soledad Fermiónica? Y el otro, sereno y sin dudar, No fastidies, muchacho, no fastidies. Se fue sorteando los tendales. Antes de desaparecer se subió las solapas del abrigo. Marc se quedó un buen rato mirando las partes traseras de los coches que bajaban la avenida de dirección única que enfila al mar. Pensó que ninguno puede ni podrá remontarla, también pensó en el Mundial que nunca hemos ganado, en que la música de *El acorazado Potemkin* es una versión del «Purple Haze» de Jimi Hendrix. Echó en falta no haberle enseñado la *Guía agrícola Philips 1961*, donde se explica cómo construir casetas con trozos de latas.

Alan Turing, que después participaría en la generación de los primeros ordenadores propiamente dichos, describió los principios de otra máquina tan hipotética como «soltera», sin otra función que una de orden más bien filosófico. Pero, además de plantear interrogantes que siguen vigentes respecto a la inteligencia de las máquinas y al fundamentalismo axiomático de la lógica simbólica, Turing se adelantó a su tiempo al proponer un modelo teórico de lo más simple [basado en decisiones entre *síes* y *noes,* entre *unos* y *ceros*] para una máquina «universal» capaz de emular cualquier otra clase de máquina. Lo que después se ha llamado un «metamedio»: un medio que [sin serlo en sí], según las instrucciones recibidas, puede simular a otros medios anteriores o incluso a medios sin una encarnación física.

Eugeni Bonet, «El cine calculado», revista *Zehar,* nº 45, 2001

*A veces los ritmos de tus canciones tienen relación con los ritmos del entorno, ya sea la naturaleza o la ciudad. Otros son muy íntimos y parecen acompañar a los ritmos del cuerpo, del corazón...:* Hay algo de eso porque muchas de mis canciones tienen 80 bpm, que es el ritmo del corazón cuando estás caminando. Yo escribo casi todas mis canciones cuando estoy paseando, así que hay algo de eso *[ríe]*. Pero no es una cosa que quiera hacer deliberadamente, que sea consciente.

Entrevista a Björk,
*El pop después del fin del pop,* Pablo Gil,
Ediciones Rockdelux, 2004

La casa de Maleva se ubica en el centro de la ciudad, tercer piso de un bloque indistinguible de sus adyacentes. Mihály contempla un instante la cortina de agua que cae por la fachada de ladrillo vivo antes de tocar el timbre. Se ajusta el grueso jersey de rombos rojos y verdes que conserva de las partidas que llegaban de la extinta URSS, siente los pies fríos dentro de las botas recién compradas; caucho por fuera, borreguillo por dentro. Pensó que para ser una primera cita, como prueba de fuego, había que ir vestido de manera normal. Desde aquel primer contacto, la anterior semana en el cuarto de Estudios de Medicina Dialéctica, no había vuelto a verla. Insiste en el timbre pero no hay respuesta. Permanece media hora parapetado en el portal del edificio de enfrente; piensa que quizá no lo hubiera oído, quizá estuviera en el váter, quizá arreglándose, quizá hubiera apuntado la dirección mal. Antes de irse timbra una vez más. Se aprieta el abrigo y regresa a pie al hospital. Mientras se aleja, cierta clase de intuición cirujana le dice que su primera oportunidad con Maleva ha sido la última.

Debido a que nada que porte información puede ir más rápido que la velocidad de la luz, existe lo que los cosmólogos llaman *horizonte de sucesos,* el punto más allá del cual no podemos aún conocer lo que ocurre. Señales de luz que se emitieron hace millones de años y de cuya existencia aún tardaremos en saber. Pero ese horizonte no es plano, sino una extensa superficie que esféricamente nos rodea, una bola cerrada e impermeable hasta que indique lo contrario una simple fórmula que liga la velocidad con el tiempo. En ese momento la nada se materializa en todo, e Ingrid Bergman se echa a llorar cuando en el rodaje de *Viaje a Italia* encuentran a una pareja abrazada entre la lava de Pompeya. No estaba en el guión ese *horizonte de sucesos,* pero había alguien allí para filmarlo, traspasarlo, elevarlo a ficción. El artista Damien Hirst le dice a la prensa, «mi obra lo único que demuestra es la imposibilidad física de la muerte en la mente de alguien vivo».

Ernesto, autopostulado en lo alto de su grúa, sumerge el contenedor vacío en las aguas de la bahía. Tras unos minutos de espera lo eleva y baja a toda prisa a buscar la pesca. Hoy ha encontrado también la portada de una Biblia, que guarda en el bolsillo de la parca militar porque le hace gracia. Tras la selección de unos cuantos peces apaga la grúa y echa a andar hacia la parada del bus [*la parada del pez,* como él la llama], situada muy cerca, en Park Row. Sentado bajo la marquesina, el pez no tarda en llegar, sube y se cierran a su espalda 2 puertas hidráulicas que hasta por el sonido le recuerdan a unas agallas. Solos él y el conductor, mientras cruzan el puente de Brooklyn recuerda que siempre pensó en que alguien debería construir un puente que conectara los apenas 100 km que separan Alaska de la antigua URSS a través del estrecho de Bering. Cuando tenía 9 años, Pegg, la primera niña de la que se enamoró, había salido con su padre de pesca y, a pesar de las enérgicas prohibiciones de la Ley de Costas y Aguas Internacionales, llegaron a Providenija, Unión Soviética. Nunca nadie se explicó por qué, pero allí se quedaron. Echa la vista atrás para mirar los altos edificios, los áticos iluminados, y después mira al mar, cuya oscuridad penetra en la del cielo. Al llegar a su portal saluda a la vieja del entresuelo, que sale a tirar una bolsa de basura en la que se apilan sacos arrugados de pienso para cerdos. La vieja vive con uno desde que vio por la tele que los tejidos, y en especial el corazón, de ese animal son los que más se parecen a los del ser humano; en su soledad, dice, el bicho la hace sentirse comprendida. La casa está húmeda, enciende la calefacción, se pone un chándal Atlanta '96 que compró a juego con la bolsa de deporte y comprueba el correo. Tiene un mensaje de sus padres, que si todo va bien, etcétera. Enciende la tele y baja el volumen a cero, le gusta ver pasar esas imágenes mudas, como en una ventanilla de un tren. Desenvuelve uno de los pescados y el resto los congela. Mientras lo desescama nota que en su interior hay algo sólido. Al abrirlo encuentra un dado, un dado de juegos. Es de plástico nacarado y tiene los puntos negros de las cifras 2 y 6 medio borrados. Lo guarda en el bolsillo del pantalón. Fríe el pescado y se pone a cenar ante la tele. De cuando en cuando alza la vista y se detiene en la pantalla sin voz, publicidad de neumáticos, imágenes de los marines en Irak, el anuncio de la reposición de *La Mujer Biónica,* que siempre se la pierde. Después se sienta delante del ordenador y se pone a trabajar en 2 de los proyectos arquitectónicos que se trae entre manos, *remakes* de obras ya conocidas, la Torre para Suicidas y el Museo de la Ruina. Antes de acostarse observa las sábanas de la cama. Las cambia a menudo pero, no sabe por qué, constantemente se ensucian, la huella de su cuerpo queda reducida a una difusa silueta grisácea, magnificada, como el abrigo de *tweed* de un gigante desaparecido. Entonces piensa que tampoco nadie sabe dónde se ubica la exacta frontera entre Rusia y Alaska.

Así que Julio va y escribe, *¿Encontraría a la Maga? Tantas veces me había bastado asomarme, viniendo por la rue de Seine, al arco que da al Quai de Conti, y apenas la luz de ceniza y olivo que flota sobre el río me dejaba distinguir las formas, ya su silueta delgada se inscribía en el Pont des Arts, a veces andando de un lado a otro, a veces detenida en el petril de hierro, inclinada sobre el agua. Y era tan natural cruzar la calle, subir los peldaños del puente, entrar en su delgada cintura y acercarme a la Maga que sonreía sin sorpresa, convencida como yo de que un encuentro casual era lo menos casual en nuestras vidas, y que la gente que se da citas precisas es la misma que necesita papel rayado para escribirse o que aprieta desde abajo el tubo dentífrico. Pero ella no estaba ahora en el puente.*

Y a renglón seguido,

**Definición de Bola Cerrada:** *Una bola B del espacio $R^n$ es cerrada si su complementaria $(R^n - B)$ es abierta.*

*Ambas son consideradas conjuntos disjuntos en ese espacio $R^n$, aunque puede llegar a definirse un espacio difuso tal que en él ambas bolas se intersequen.*

Sandra, ¿sabes una cosa?, le dijo un día Jota, En aquel palacio de cristal dedicado al parchís hay una radio que un obrero por descuido dejó encendida. Me han dicho que los nómadas pasan y una voz extranjera, que reverbera en las estancias vacías, les hace compañía hasta muchos kilómetros más allá, donde la escuchan los días que el viento sopla a favor. No me lo creo, responde Sandra. Pues es verdad; por cierto, he visto que reponen de nuevo *Viaje a Italia* de Rossellini en sesión de madrugada, ¿vamos? Sandra lo piensa unos segundos, y dice, No, me temo que será un rollo.

Marc conoció a Josecho a través de Internet, en una página web de moda. Lo que le atrajo a Marc de Josecho es que, según aseguraba esa web, fuera éste un exponente de una extraña literatura. Investigando un poco más supo que vivía en Madrid, que tenía 35 años, que admiraba a San Juan de la Cruz y a Coco Chanel a partes iguales, que practicaba la soledad con verdadero fanatismo y que también tenía por exponentes de auténticos fermiones [aunque él no los llamaba así], de una vida plena en soledad, a Nietzsche, Wittgenstein y Unabomber, sólo que él en su lista cambiaba a Cioran por Tarzán. Eso sí, del gran Henry J. Darger, aquel hombre que para Marc era el fermión absoluto, Josecho ni hablaba. También supo que observaba en las ciencias a la poética del nuevo siglo, y que, también igual que él, compartía punto por punto los versos de la canción de Astrud, «Qué malos son nuestros poetas». En esa página web también pudo descubrir que practicaba con furor una tendencia estética denominada por él mismo *narrativa transpoética,* consistente en crear artefactos híbridos entre la ciencia y lo que tradicionalmente llamamos *literatura.* Marc fue ganando curiosidad, sólo eso, pero lo que terminó por seducirle de Josecho fue saber que también vivía en una caseta construida en una azotea de un edificio de Madrid. Josecho, por su parte, nada más entrar en contacto con Marc por e-mail, se interesó por la Teoría de la Soledad Fermiónica, la cual consideró como un ejemplo casi en estado puro de *narrativa transpoética.* Marc le fue enviando, con cada mail, un archivo adjunto con las diferentes fases de su teoría. Cuando adquirieron más confianza, Marc le reveló que había conocido a otro transpoeta, un tipo alto y con barba, que en verano vestía un abrigo de *tweed,* que había desarrollado una teoría sumamente interesante denominada por sí mismo Teoría de las Bolas Abiertas o Rayuela B, pero que sólo lo había visto una vez, de pasada, y no sabía ni su nombre ni dónde hallarlo. Con el tiempo, Josecho le desveló varios de sus proyectos, que Marc consideró de suma importancia. El lazo fue estrechándose. Un día Marc no obtuvo más respuestas de Josecho. Insistió, pero nada. Así, desde hace un año.

Saigón, mierda, aún sigo solo en Saigón. A todas horas creo que me voy a despertar de nuevo en la jungla. Cuando estuve en casa durante mi primer permiso, era peor, me despertaba y no había nada, apenas hablé con mi mujer, salvo para decirle «sí» a su petición de divorcio. Cuando estaba aquí quería estar allí, cuando estaba allí no pensaba más que en volver a la jungla. Llevo aquí una semana, esperando una misión, desmoralizado.

*Apocalypse Now,* Francis Ford Coppola

La ciudad de Ulan Erge está pasando por uno de los inviernos más duros que se recuerdan. La nieve alcanza los 8 m y en el hospital Mihály y sus compañeros tienen serias dificultades para abordar las operaciones quirúrgicas sin riesgo. Ayer, sin ir más lejos, una joven de 22 años entró en quirófano para una extirpación de parte del páncreas y salió también sin un trozo de nariz debido a congelaciones. Los albergues no dan más de sí. Mihály piensa a menudo en Maleva, se pregunta qué habrá sido de ella. En las avenidas vacías el frío cuartea la pintura de los grafitis, dándoles un carácter de imposible mapamundi. La ciudad, con la nieve a una altura de 3 pisos, parece más que nunca un embalse a media capacidad en el que despuntaran antenas y azoteas. Los semáforos siguen encendidos bajo el hielo y cambian de color dándole al suelo, sucio pero cristalino, un aire de fiesta vacía. Los fragmentos de edificios y bloques que aún quedan por encima de la nieve han sido cubiertos por unas grandes caperuzas de tela de algodón, construidas con sábanas rescatadas de los antiguos campos de concentración de Siberia y diversos hospicios, cosidas las unas a las otras; como no se lavaron, en esas telas hay de todo. Así que da igual estar bajo el hielo que por encima de él, porque en todo caso el horizonte es vertical y blanco, y nada se ve. La idea de esas caperuzas de algodón había sido de un conductor de autobús llamado Jodorkovski, que hacía una vez al mes la ruta que va de Ulan Erge a Berlín. Allí, en Berlín, año 1994, había asistido a un espectáculo que le había parecido impresionante. Un artista, al parecer muy famoso, llamado Christo, cubría el palacio Reichstag con una gran sábana blanca. Literalmente, lo empaquetaba. Dado que se podía visitar, a Jodorkovski le dio por entrar y comprobó que allí casi no hacía frío, y pensó al instante en esa solución para las bajas temperaturas que alcanzaban los bloques de edificios que simétricamente conformaban su ciudad; además, la tela blanca difundía la luz del exterior de tal manera que las estancias parecían ampliarse y clarear. Cuando hubo regresado lo contó y la emoción de las autoridades locales fue en aumento. Todo se gestionó rápidamente. Mihály toma un café en el *office* que hay junto al quirófano, piensa que quizá Maleva esté ahora en la planta baja de alguna casa, bajo el nivel del hielo, sentada en una silla ante el fuego de una chimenea escuchando una casete de Lou Reed, o quizá más arriba, cubierta por una caperuza blanca, inventando un horizonte. Él tiene suerte, vive en una de las habitaciones del ático del hospital, único edificio que dejan sin cubrir las cuestiones de aireación e higiene. Da el último trago al café y regresa a la sala de operaciones, otro crío con apendicitis. Ya son 15 en lo que va de año. Sabe ya lo que se encontrará, una cápsula de Yodo 125 radiactivo alojada en su apéndice.

Dentro sólo se oye el viento que afuera golpea la alambrada. Los libros están en sus estantes, los ordenadores cargados de programas, los platos de las cocinas limpios y perfectamente apilados, la carne intacta en las salas frigoríficas, los tableros de colores en las vitrinas y las fichas y cubiletes encubando teóricas partidas. Y una radio que un obrero se dejó encendida, «... la sucursal nº 24 de Caja Madrid ha sido objeto hoy de un atraco, los ladrones se dieron a la fuga con un botín de medio millón de euros. También, en la ciudad de Girona ha sido atracada una joyería. Los ladrones, al parecer de una banda checa que opera en la costa mediterránea, rompieron a plena luz del día el escaparate con unos pesados martillos y se llevaron joyas por un valor de 1.600.000 euros, continúa la mañana en Radio Nacional de España, Radio 5, todo noticias...».

Marc, siempre que va al mercado que hay en los bajos de
su edificio, regresa enojado porque quieren venderle pro-
ductos etiquetados como ecológicos o naturales. A mí, se-
ñora, deme usted lo artificial, ¿es que acaso me ve vestido
de campesino? ¿No se ha enterado usted aún de lo que es
la *síntesis*? Como no tiene lavadora lleva la ropa una vez
por semana a una lavandería, que está a un par de manzanas, llamada Pet Shop Boys, cuyo dueño, un gay treinta-
ñero que heredó el negocio, tiene todo el día a ese grupo
en el hilo musical instalado nada más morirse sus padres.
Siempre saluda a Marc con un movimiento de mano y le
cuenta que ha pedido unas nuevas lavadoras, muy poten-
tes y baratas, que fabrican en un país del Este cuyo nombre siempre se le escapa. Marc, mientras espera, mira el
rodar del tambor, y cada día se sorprende pensando que lo
que da vueltas ahí dentro no es ni más ni menos que su
propia piel solidificada. Pero hoy ha pensado que esa mez-
cla de pieles es la destrucción de la Teoría de Conjuntos,
la derrota de los órganos de un cuerpo.

Científicos de la Universidad de Southern California, Los Ángeles, han implantado una cámara de vídeo en los ojos dañados de varios ciegos que se prestaron al experimento, y les han devuelto la vista. La resolución de su nueva mirada es de 16 píxeles, suficiente para distinguir un coche, una farola o una papelera. En un principio pensaron que harían falta 1.000 píxeles, así que cuando los ciegos dijeron que veían relativamente bien con sólo 16 la sorpresa fue mayúscula. Los científicos no habían tenido en cuenta un dato: todos tenemos un punto en el ojo denominado «punto ciego», un punto a través del cual no vemos y que el cerebro inconscientemente rellena con lo que se supondría que debería haber ahí; lo inventamos, y solemos acertar. Es lo que nos permite ver la totalidad de una casa aunque nos la tapen parcialmente las ramas de unos árboles, o ver la carrera completa de una persona entre una muchedumbre aunque esa misma muchedumbre nos la oculte por momentos. Por eso a los ciegos les bastó con 16 píxeles: el resto de píxeles los pone la imaginación. En nuestros ojos hay un punto que lo inventa todo, un punto que demuestra que la metáfora es constitutiva al propio cerebro, el punto donde se generan las cosas de orden poético. A ese «punto ciego» debería llamársele «punto poético». De igual manera, en ese gran ojo que vendrían a ser todas y cada una de nuestras vidas hay puntos oscuros, puntos que no vemos, y que reconstruimos imaginariamente con un artefacto que damos en llamar «memoria». Puede que en realidad estén ahí ocultas las otras dimensiones, fantasmas y espectros que no percibimos y que vagan por el planeta Tierra a la espera de emerger como consecuencia de que alguien edifique una metáfora en ese punto ciego.

En el pueblo de Corcubión, como cada segundo domingo de mes, se ha instalado la feria en la plaza y en calles aledañas. Una estructura como de fractal con envolvente elíptica en la que, básicamente, trafican los ganaderos y los tratantes, y que tiene sus horas fuertes entre las 8 y las 11 de la mañana. Al lado se ponen los vendedores de ropa y zapatos al peso; más lejos, ya en un ramal, los de la maquinaria y la herramienta agrícola, y en el centro de todo el tinglado se plantan un par de carpas donde comen pulpo, callos y beben vino visitantes y paisanos que cierran tratos. Antón anda por entre los puestos y pasa de largo el tenderete de los ordenadores de segunda mano, que en ocasiones frecuenta. Ando mirando de comprar un par de cuerdas para bajar al percebe, le dice a Amalia, que está detrás del mostrador del esparto y derivados. Tras un breve regateo, cierra la compra de 2 sogas de 15 mm de espesor y se las carga a la espalda. Tiene los pies congelados. Un rayo de sol le da en la nuca, curiosea en los puestos de ropa. Termina comprándole a un peruano un grueso jersey de rombos rojos y verdes y unas botas de plástico forradas de borreguillo, ¡Cojonudo!, le dice mientras recibe el cambio. Entonces oye a su espalda, Coño, Bacterio, qué pasa, vamos a tomar un vino, te convido. Se gira y reconoce a Anxo, que lleva un gabán de plástico hasta los pies, y contesta, No, gracias, tengo prisa. ¡Pero hombre, tómate algo! Qué va, es que no puedo, otro día, Anxo, otro día. ¡Pero qué prisa tienes, Bacterio, no jodas, ¿es que ya andas otra vez con tu desguace de ordenadores?! No hombre, qué va, es que he dejado en casa el ordenador encendido, bajando una peli, y quiero ir a ver cómo va, si llego tarde me entretendré y después tendré que preparar con prisa y mal todo el material para mañana, que salimos al percebe. Anxo posa su bolsa en el suelo y le dice, Ah, faenas mañana, bueno, bueno, pues nada, arranca para casa, pero antes mira, mira qué pelis le he comprado ahí al lado a un negro, una ganga. Y saca un fajo de DVDs de dibujos animados, Son para los críos, todo lo quieren, y tú, ¿qué película te estas bajando? Uff, es tremenda, la vi hace muchos años en la tele, y nunca más, *El último hombre vivo,* se llama, del 71, todos han muerto en Los Ángeles y Charlton Heston es el único que queda vivo, hay una pandilla de zombis que le acosan, pero como sólo salen de noche, durante el día él puede andar por las calles, y entra en las tiendas, que han quedado intactas, y coge lo que quiere, y cuando se le acaba la gasolina pilla otro coche cualquiera y ya está, es tremenda, hay unas imágenes aéreas de la ciudad semidestrozada, llena de papeles y basura, y él en un descapotable por esas grandes avenidas, que parecen como el mar, a toda hostia, sabes, es tremendo. ¡Ah, dice Anxo, Entonces como lo del *Prestige:* el mar deshecho y lleno de mierda! Calla, calla, no me hables, responde Antón, Yo casi te diría que estoy deseando que venga otro desastre; total, la pesca no se ha resentido y han entrado en las casas millones de euros de indemnizaciones. Hombre, claro, asegura Anxo, Tú y todos, bueno, Antón, pues a ver si nos vemos otro día y tomamos un vino. ¡Hecho! Y tira calle arriba hasta llegar al Ford Fiesta, aparcado en la cuneta del arranque del camino del monte que conduce a su casa, una pista forestal que se va cerrando no sólo por causa de la vegetación, sino por la niebla. Ya en casa, se prueba el jersey de rombos y las botas de borreguillo, ¡Cojonudo! Y lo deja todo junto a un montón de carcasas de ordenador apiladas y vacías. Los vecinos más próximos de Antón son Braulio, 200 m al norte, y la familia Quintás, a 150 al este. Entre medias, está el bosque. De unas casas a otras sólo se ve el rojo de las tejas. La ilusión de Antón sería vivir en un cubo de cemento muy cerca del acantilado, casi al pie, pero desde que salió la Ley de Costas ahí no dejan construir. Consulta el Emule; faltan 100 megas para que *El último hombre vivo* esté en su poder.

Desde que Ucrania y Kazajstán se separaron de la Unión Soviética, una franja de territorio ruso ha quedado entre ambas, y con ella, la correspondiente zona de oleoductos subterráneos que abastecían de crudo al sur de la URSS y que formaban parte, a su vez, de una red de rango superior que llegaba hasta Turquía, Irán y las estribaciones de China. Esto equivale a decir que tanto los rusos como los ucranianos y los kazajos han tenido que construir sus propias nuevas redes, y aquellas otras han caído en desuso. Y esto, a su vez, equivale a decir que existen miles de kilómetros bajo tierra de un geométrico laberinto de acero, plástico y hierro, totalmente vacío, con una pendiente mínima, que mide 6 m de diámetro y posee una temperatura constante de 3ºC. Un serpentín con forma de manos entrelazadas o tentáculos que agarraran hasta Oriente Medio todo aquel territorio bajo tierra. Existe otro laberinto subterráneo, pero éste está abarrotado. En la frontera entre Francia y Suiza, sepultado a 100 m se halla el CERN, Consejo Europeo para la Investigación Nuclear. Científicos de todo el mundo hacen colisionar chorros de partículas a velocidades próximas a la de la luz para que viajen al pasado, al inicio del Universo, y brillen allí unos segundos antes de que remonten el tiempo trayendo información de aquella visión espectral, fortuita y moralmente neutra, que hemos heredado aunque respecto a ella sólo seamos entes ciegos.

Cuenta Philippe D'Arnot, en su *Historia secreta de la Segunda Guerra Mundial,* que cuando una mañana de enero el ejército ruso entró en Auschwitz, lo primero que hizo fue abrirles las puertas a miles de hombres, mujeres y niños que los nazis, antes de salir huyendo, allí habían abandonado. También cuenta que una vez todo se hubo desalojado, un cabo y un soldado descendieron a un sótano del cual parecía venir un temblor de luz, y encontraron a 4 famélicos sentados en la tierra en la postura del buda. Ensimismados, lanzaban un dado de números semiborrados sobre un tablero de parchís dibujado en el suelo con la punta de sus chapas de identificación.

Finales de septiembre, Ernesto llega a su piso en Brooklyn, enciende la tele, baja el volumen a cero. Destacan sobre los ruidos de la ciudad los gruñidos broncos del cerdo de la vecina; lo guarda justo debajo de donde él tiene su estudio; a veces oye cómo le susurra al oído. Se sienta a dar los últimos retoques a uno de sus 2 proyectos más golosos, la Torre para Suicidas. Esta construcción parte de la idea de que los miles de suicidios que al año se consuman en la ciudad de Nueva York, así como las tentativas frustradas, resultan demasiado dramáticos y engorrosos debido a no disponer la urbe de unas instalaciones adecuadas y debidamente organizadas. Así, lo dejan todo hecho un asco; sangre en las aceras, ahorcados a los que se les rompe la cuerda y hay que reanimarlos, cuerpos mutilados al paso de los trenes, y todo con el consiguiente perjuicio psicológico para las verdaderas víctimas, los que se quedan, obligados a contemplar semejantes espectáculos. Su torre consta de un ascensor que eleva al suicida desde una planta baja, donde hay servicio de capellán, cafetería, algo de comida rápida, gabinete psicológico a fin de afrontar el trance en las mejores condiciones mentales posibles, espacio para los familiares y enfermería por si el intento resulta frustrado, hasta la altura de un 8º piso. Y ahí sí que no hay nada: una sala blanca y vacía, y un hueco para el vuelo picado que da a un patio en el que al impactar el suicida contra el suelo se activan unas mangueras que expulsan agua y lavan tanto al defenestrado como el pavimento. También, justo enfrente de ese 8º piso hay un muro perfectamente blanco para que el candidato no vea horizonte alguno [en encuestas realizadas a suicidas frustrados se ha comprobado que la visión de un horizonte justo antes de tirarse es lo que les imprime renovadas ganas de vivir y abortar la idea]. En los sótanos, se hallan dependencias destinadas a otro tipo de opciones: camas junto a abundantes botes de somníferos, cuartos especiales con sogas colgadas de sus correspondientes vigas, duchas de anhídrido carbónico, y así. Ernesto está tan orgulloso de su proyecto que piensa enviarlo al Concurso de Arquitectura Compleja que anualmente se celebra en la ciudad de Los Ángeles, California. Huele a pescado. En el horno se quema.

La mística tiene mucho que ver con el agua mineral con gas. Microesferas de aire que suben verticalmente a velocidad constante sin que les importe la *curvatura del Universo*. Un ascender que carece de correlato e imagen en el espacio-tiempo. La masa tiende a caer, y todo es masa, y todos somos y seremos masa, y quizá algún día haciendo colisionar 2 chorros de subatómicas partículas encuentren los físicos al fin el ansiado bosón de Higgs que dé cuenta de tanto peso que nos constituye y rodea. Sube a velocidad constante la burbuja de aire, fría y pequeña, aunque en el torrente sanguíneo te mate. Alguien tendría que pensar qué ocurriría si toda la nieve de las estepas fuera agua mineral con gas congelada, qué forma tendría el tiempo detenido en esas microesferas.

Josecho, ante un puñado de ejecutivos de la editorial New Directions y de la firma Chanel, reunidos en la caseta donde éste reside, sita en la azotea de la torre Windsor, Madrid, firma el contrato de edición y difusión que vincula a las 3 partes. Por algún motivo invisible a una coherente respuesta, Josecho, en el momento de la rúbrica, se acuerda de Marc, y de que hace casi un año que no le escribe. Josecho es de ese tipo de personas que se vitaminan tan sólo con mirar desde la azotea los tejados de Madrid, y con imaginar cambios en su geografía, topografía y, como en este caso, en sus vallas publicitarias. Una noche, hacía ahora 2 años, había visto claro lo que sería su próximo *proyecto transpoético*. Se trataba de concebir una novela, más bien un artefacto, hasta entonces nunca visto: tomando únicamente los inicios, los 3 o 4 primeros párrafos, de novelas ya publicadas, tendría que ir poniéndolos unos detrás de otros, haciéndolos encajar, de manera que el resultado final fuera una nueva novela perfectamente coherente y legible. Así, comenzar con las primeras líneas del *Frankenstein* de Shelley, y seguir con el arranque de *Las partículas elementales* de Houllebecq, y a éste, pegarle el primer fragmento de *La ciénaga definitiva* de Manganelli, y a éste, *Atrevida apuesta* de Corín Tellado, y a éste, *Sobre los acantilados de mármol* de Jünger, y a éste, *Mi visión del mundo* de Albert Einstein, y recorrer así más de 200 títulos de la literatura universal, *La Divina Comedia* incluida, para terminar con «en un lugar de La Mancha de cuyo nombre no quiero acordarme». Sabedor de la total falta de iniciativa de las editoriales hispanas, presentó el proyecto a varias norteamericanas, y los de New Directions, Philadelphia, se entusiasmaron nada más leerlo. El segundo paso en la estrategia de Josecho era hacer una campaña de marketing tampoco nunca vista hasta la fecha en la industria editorial. Sugirió a los ejecutivos de New Directions que inundaran el 50% de las vallas publicitarias de una capital occidental, sólo una, por ejemplo Madrid, con el anuncio del libro y una foto de él mismo posando con ropa y estilo típicos de modelo, todo ello esponsorizado por alguna importante marca de moda. La fusión entre narrativa y objeto de pasarela entusiasmó aún más a la editorial: la novedad del fenómeno tendría resonancias planetarias, y las ventas, por efectos puramente mediáticos, estarían más que aseguradas. Consideraron ese montaje como la perfecta obra de arte contemporáneo. Con atacar de forma espectacular en un solo punto de la red socio-informativa, en un solo *nodo,* en una sola ciudad, ya el resto lo harían las televisiones, las radios y el boca a boca. De manera que tras tantear varias firmas, Chanel fue la óptima, que ofertó, además de pagar los gastos de las vallas publicitarias, una colección de ropa troceada, inspirada en el libro, y sus consiguientes complementos: pendientes, broches, perfumes, etcétera. Tras muchas dudas y titubeos, Josecho dio por título al libro *Ayudando a los enfermos.*

El sonido de los pasos se amplifica en el interior del oleoducto vacío, de tal manera que su distancia de atenuación es de 3 kilómetros aproximadamente en ambas direcciones. La razón es que dentro del tubo circular el sonido rebota casi perfectamente como si fuera la luz en una fibra óptica, y su propagación resulta casi indefinida. Ayudados de linternas y un detallado croquis del itinerario, que a cada kilómetro se bifurca en 3 o 4 ramales distintos, 2 niños de 10 y 11 años caminan a 50 m bajo tierra atravesando el suroeste de Rusia en dirección a Kazajstán. Hace 3 días que partieron de Ucrania. Saben que no deben despistarse, que muchos niños antes que ellos aparecieron en el norte, en Volgogrado, y allí fueron apresados; otros, extenuados y sin alimentos, emergieron en alguna antigua central petrolífera de las montañas del Cáucaso, donde irremediablemente murieron entre altas chimeneas apagadas y el rebote de su voz en los silos de petróleo vacíos; incluso saben que en una ocasión unos se extraviaron de tal manera que, creyendo avanzar, regresaron a Ucrania. En uno de los cruces, donde la dirección correcta es señalada por un sistema tipo código binario con la inscripción «Sí» escrita a spray, se sientan a descansar y a echar un trago. Tengo hambre, dice el pequeño. Espera un poco, sabes que no podemos comer hasta llegar, aún quedan 4 o 5 días. Tras 15 minutos se ponen en marcha de nuevo. La multiplicación del sonido de sus pasos provoca que siempre les parezca ir acompañados por una turba de gente, por eso nunca se paran, porque entonces sienten miedo. Tras una jornada de 14 horas, a oscuras cenan un complejo vitamínico en estado líquido preparado a tal efecto, se dan las buenas noches y se tumban a dormir. Fingen la noche donde siempre todo es noche, una redundante iteración similar a cuando nosotros soñamos que soñamos; pero de signo justamente contrario.

Y Julio va y escribe, *Pero ella no estaría ahora en el puente. Su fina cara de traslúcida piel se asomaría a viejos portales en el ghetto del Marais, quizá estuviera charlando con una vendedora de papas fritas o comiendo una salchicha caliente en el boulevard de Sébastopol. De todas maneras subí hasta el puente, y la Maga no estaba. Ahora la Maga no estaba en mi camino, y aunque conocíamos nuestros domicilios, cada hueco de nuestras habitaciones de falsos estudiantes en París, cada tarjeta postal abriendo una ventanita Braque o Ghirlandaio o Max Ernst contra las molduras baratas y los papeles chillones, aun así no nos buscaríamos en nuestras casas. Preferíamos encontrarnos en el puente, en la terraza de un café, en un cine-club o agachados junto a un gato en cualquier patio del barrio latino. Andábamos sin buscarnos pero sabiendo que andábamos para encontrarnos.*

Y a renglón seguido,

**Definición de Bola Abierta:** *Sea «a» un punto de un espacio $R^n$ y sea* r *un número positivo dado. El conjunto de todos los puntos de ese espacio $R^n$ tales que la distancia entre un x y a es menor que* r

$$|x - a| < r$$

*se denomina n-bola abierta de radio* r *y centro* **a**. *Designamos este conjunto por* **B(a; r),** *que es aplicable a todo sistema, espacio o persona receptiva a toda búsqueda basada en un aparente azar.*

*¿Aún eres punk?:* Eso creo, sí.

> Entrevista a Bobby Gillespie, cantante y letrista
> de Primal Scream, *El pop después del fin del pop,*
> Pablo Gil, Ediciones Rockdelux, 2004

Mirar desde una azotea es ver todo el acúmulo de tejados y cubiertas planas que desordenadas borbotean en los vértices de cada edificio, papilas sensibles por las que los ciudadanos se conectan al mundo; antenas, cables, pluviómetros, musgos y microorganismos sólo dados en los ecosistemas de azotea. La mutación es lo que importa. Como cuando el mar se cubre de petróleo, y el ADN de la vida regresa al origen de la vida, el líquido del que salimos todos. A Marc le ha llegado esta mañana un apremio de desalojo. Los vecinos del edificio denuncian la ilegalidad de su caseta. Inmediatamente ha pensado en aquel tipo alto con el abrigo que se presentó y le soltó el rollo de Rayuela B y las Bolas Abiertas, Un celador del ayuntamiento con ganas de reírse un rato, piensa, Menudo cabrón. Murmura estas y otras palabras mientras hace un avión con la hoja del apremio y lo lanza al vacío de la gran avenida que va a dar al mar. Toma la *Guía agrícola Philips 1974,* la abre por la página 87, después coge un folio del tendal en el que había una demostración ya obsoleta y en su parte de atrás redacta el recurso-tipo, que copia de la *Guía:*

«En los artículos que van del 334 al 337 del Código Civil, se precisa qué objetos debemos considerar muebles o inmuebles. Al ser mi caseta un objeto *susceptible de ser transportado sin menoscabo de la cosa inmueble a que estuviere unido,* según dice expresamente el artículo 335 del CC, y no estando comprendido en la situación que el artículo 334.3 describe como, *de una manera fija sin que no pueda separase del solar sin quebrantamiento de la materia o deterioro del objeto,* entiendo que mi vivienda es totalmente legal.»

Cuando Mohamed Smith llega del colegio, su madre lo recibe de espaldas a la puerta, sentada ante la pantalla de su ordenador. Lo que más le gusta a Mohamed es el momento en el que él saluda y ella mira hacia atrás y le sonríe. Con el tiempo entenderá que eso es lo más parecido que se pueda asociar al concepto de *madre* o felicidad. Come en una pequeña mesa, a la derecha de ella, que continúa dibujando sus planos o pensando la casa portátil definitiva. Entretanto, John desempeña en la cocina del Rachid el mismo trabajo que antes hacía ella para que de esta manera pueda dedicarse por entero a sus proyectos. Entre cucharada y cucharada Mohamed mira la pantalla del ordenador y piensa en su madre como se piensa en un genio. Esta ingenuidad también con el tiempo entenderá que es lo más parecido que se pueda asociar al concepto de *madre* o felicidad.

Hay que suponer lo siguiente: no hay motivo suficientemente argumentado para sostener que las granjas de cerdos tengan que estar dispuestas en espacios horizontales, y
menos si el emplazamiento está situado en un territorio
estepario con un frágil ecosistema a preservar. Así lo argu-
mentó Vartan Oskanyan, joven armenio, granjero auto-
didacta, quien tras dar vueltas por Europa y Centro-
américa terminó por regresar a su Armenia natal e hizo
construir un edificio de 8 plantas para albergar en él casi
900 cabezas de ganado porcino. Un edificio tal cual lo en-
tendemos: pisos superpuestos con ventanas, portería, escalera de emergencia, ascensor, montacargas, etcétera, en
el que en las 4 primeras plantas, compartimentadas en pisos convencionales, viven los cerdos que, en el afán de
Vartan por humanizarlos, deambulan por las habitaciones
sin restricción alguna. En la mitad superior, las 4 últimas
plantas, están las personas, unas 20 familias producto de
campos de refugiados y de sucesivas guerras desatadas desde mediados del siglo 20 en Oriente Medio. Entre todos
construyeron el complejo con sus propias manos gracias a
materiales cedidos por el Estado armenio. Las autoridades
armenias no saben que todos esos refugiados se quedaron
a vivir ahí; oficialmente todo en su interior es porcino. Las
cerdas madres están con los lechones y recién nacidos en
el 4º piso, y esas crías van pasando a pisos inferiores a medida que van creciendo, hasta que llegan al bajo, donde
estarán sólo las 2 o 3 jornadas previas antes de ser condu-
cidos al matadero. El porqué de todo este invento es me-
ramente pragmático: estando la explotación situada en

una región de intenso frío, una manera óptima de tener casas confortables sin necesidad de electricidad es reconduciendo todo el calor generado por esos animales hacia paneles situados en los pisos de arriba. Por lo demás, con un buen aislamiento el problema de los olores está solucionado. Los gases inflamables producidos por los cerdos en los pisos inferiores se usan para calentar agua y generar luz. Todo ese confort y decente habitabilidad es el pago que Vartan Oskanyan les da a las 20 familias por cuidar del ganado. Además, con lo que sacan de la venta de los animales subsisten perfectamente, incluso les da para de vez en cuando hacer algún viaje por la zona. Vartan se ha reservado el piso más alto. Las noches tranquilas, cuando todos duermen, sólo se ve en toda la llanura la luz de su ático y sobreático, que adquiere entonces una apariencia de faro, los bajones de tensión del rudimentario pero seguro sistema eléctrico le dan un pulso de onda luminosa, y él pone un disco de Chet Baker comprado en una tienda de St. Germain, en la época en la que trabajó de camarero en París, y superpuesta a la trompeta oye el murmullo atenuado de los cerdos de los pisos inferiores, que dan golpes contra las baldosas, o resbalan escaleras abajo, o pegan mordiscos a unos pasamanos de madera ya casi en hierro vivo. A eso de la 1.30 de la madrugada, la luz del ático suele apagarse y sólo permanece encendida la del sobreático, apenas una caseta donde él guarda, colgadas en vertical por los hocicos, más de 3.000 pieles de cerdos rubios perfectamente curtidas. Las ordena por tamaños y tonalidades, las cuenta, las observa. En una esquina, sobre una mesa de dibujo con compases, cartabones, portaminas y un paralex, se entrecruzan varios planos de la zona trazados por él mismo. Ningún vecino sabe de tal acúmulo de pieles.

En el año 1970 moría en su casa de Chicago Henry J. Darger después de haber escenificado quizá el episodio más extraño y solitario de la historia de las artes. Se cree que nació en Brasil en 1892. A los 4 años pierde a su madre, que muere en el parto de una niña que fue dada en adopción. Henry nunca llegó a conocer a esa hermana. Poco tiempo más tarde padre e hijo son ingresados en sendas instituciones mentales. A él se le diagnosticó una enfermedad que consistía en «tener el corazón en el lugar equivocado». Nunca más vio a su padre. Durante la adolescencia, huye de la reclusión y aparece en la ciudad de Chicago. Alquila un piso, y a partir de entonces nada se sabe de él, salvo que sólo sale de casa para ir a misa, en ocasiones hasta 5 veces al día, y que las únicas conversaciones que tiene con los vecinos son acerca del tiempo meteorológico, asunto que le obsesionaba desde que de joven, en 1913, presenciara la destrucción de todo un pueblo en Illinois por un tornado. Nadie sospechó el secreto que guardaba aquel hombre vulgar y poco hablador en el estudio de su casa, estudio que abarcaba también parte del salón y la cocina.

Un día de septiembre, Harold, médico de profesión, de 32 años de edad, divorciado y sin hijos, natural de Boston pero afincado en Miami tras, precisamente, haberse divorciado y entender que necesitaba un cambio a aires más cálidos, está en su casa de una sola planta desde la que se ve la costa y un mar tan plano que parece mercurio. Juega al tenis con una videoconsola Atari del '79 conectada a la tele. La pantalla, totalmente negra, un punto cuadrado y blanco que hace de bola, y sólo 2 líneas blancas que se mueven de arriba abajo y simulan a cada jugador y su raqueta. Mediodía, la gente duerme o se baña, las persianas bajadas, silencio, y tras cada golpe de raqueta oye el esponjoso *doing* que le recuerda al latido de un corazón. Desde hace 3.5 años no para de jugar y devorar Corn Flakes con leche. Es la 78567 vez que es vencido por la tele. Se dirige a la cocina a por otro tazón de Corn Flakes, y observa que se le han terminado. Va hasta el garaje, donde guarda, tiradas en una esquina, multitud de cajas de cereales sin abrir mezcladas con otras vacías. Revuelve esa pila, se sumerge en ella, pero nada. Para su sorpresa, todas están ya consumidas. Metidas a presión en una de esas cajas vacías encuentra sus viejas zapatillas de deporte Converse. Las toma entre sus manos, huelen a musgo, y tras darles un par de vueltas en torno a sus ojos, se las calza, sale al jardín y se pone a correr al trote calle arriba. Lleva un pantalón chino de pinzas, un polo rojo y una cazadora de estilo aviador. Llega la noche y aún no se ha detenido.

En el Yam Festival de 1963, celebrado el 9 de mayo en New Brunswick [New Jersey], Wolf Vostell organizó un *happening* que mostraba la alegoría de un peculiar funeral donde el muerto era la televisión. Durante el sepelio, Vostell envolvió el aparato de televisión en un alambre de espino y lo enterró «vivo» mientras continuaba emitiendo su programación. «El televisor fue sepultado, mientras que los sonidos de la señal podían ser escuchados durante un buen rato [...] Por un lado hubo visualización y entierro y, por el otro, el trabajo únicamente cerebral consistente en imaginar cómo ese objeto continuaba funcionando de una forma invisible.»

*Vídeo: Primera Etapa*, Laura Baigorri, editorial Brumaria, Madrid, 2005

La verdadera culpa de que Josecho escribiera su novela *Ayudando a los enfermos,* y propusiera que el lanzamiento de la misma se hiciera por medio de anuncios en el 50% de las vallas publicitarias de Madrid, y que todo ello lo financiara la firma Chanel, no residía en obtener mayores ventas de lo habitual, ni en codearse con las modelos más deseables del planeta, ni, mucho menos, en pasar a la historia de la literatura, no, la verdadera culpa era de la Vespa 75 cc, color blanco, modelo Primavera, de un solo asiento [así se aseguraba de que siempre viajaría solo]. Era ésta la actividad que más le fascinaba: pasear en Vespa por Madrid pertrechado con una cazadora de plástico Graham Hill, gafas de sol patrulleras, casco con visera forrado de pegatinas y un iPod conectado a los oídos. Por eso, una vez se hubo lanzado el libro, cada día, a eso de la media tarde, cerraba el candado de su caseta en la torre Windsor, bajaba al parking, arrancaba la Vespa, que guardaba de incógnito entre 2 columnas, y salía para ver su rostro en foto presidiendo el día a día de los madrileños. De Orcasitas al Retiro, de San Blas a Chueca, de Moncloa a Carabanchel, de repente, todos los barrios de Madrid se igualaban porque en todos aparecía su cara. Antes de la medianoche regresaba a la caseta, satisfecho, y cenaba un par de lonchas de Pavofrío con pan integral y una lata de Mahou. Los hechos son ésos, pero, de todas maneras, esta explicación a su ansia por aparecer retratado en vallas publicitarias es demasiado superficial, obvia, hasta quizá inverosímil, cuesta creerla. Recientemente se ha propuesto otra: parece ser que fue a tirar una multa de aparcamiento recién puesta a una papelera urbana cuando, una vez metida la mano en el orificio, palpó lo que resultó ser un libro escrito en inglés, que guardó en la mochila para, una vez en la azotea, comprobar que era de una mujer norteamericana de Utah. El libro tenía en la primera hoja una dedicatoria de puño y letra de la propia autora que decía en inglés, «A quien lo haya encontrado. Ahora, si quieres, ya puedes tirarlo. Afectuosamente, la autora, Hannah». Movido por el interés fue traduciendo poema a poema. Se fijó especialmente en éste,

> *Qué pura es la soledad de los anuncios por palabras*
> *    [la valla publicitaria es otra cosa: no hay*
> *    soledad en un mundo ocupado por un solo objeto]*
> *y la de los días del calendario*
> *y la de las fotos de algunos corchos de algunas oficinas*
> *y la de las teclas de los personal computer*
> *y la de los cajones del tocador de una mujer*
> *y la de los elementos de la tabla periódica: recintos*
> *sólo accesibles*
> *                        [de vez en cuando]*
> *por sus correspondientes isótopos.*

Quedó impresionado por los versos: *la valla publicitaria es otra cosa: no hay / soledad en un mundo ocupado por un solo objeto,* y entendió que era ésa una perfecta vía posible para salir de su monacal encierro, porque [y aquí radica el quid del asunto, el motivo por el cual había dejado de escribir a Marc, aun apreciándolo], en contra de las apariencias, en contra de lo pregonado por él mismo, no amaba la soledad, no, no amaba a Unabomber, ni a Cioran, ni a Wittgenstein, ni a Tarzán, sino que era profundamente infeliz viviendo en una azotea, sin un trabajo normal donde poder relacionarse y saludar por las mañanas, sin un bar en el que tomar café y un croissant y leer el *As* a diario, sin nadie con quien en verano acudir a las playas de Alicante, condenado así a quedarse en un Madrid vacío y caluroso, en el que el único pasatiempo estival es ir, cuando cae el sol, a cines también vacíos que proyectan películas fuera de circuito, con esas butacas tan aisladas y frías como esas fotos de los corchos, esos días cuadrados del calendario, esas teclas de los *personal computer,* esos elementos de la tabla periódica, de los que el poema hablaba. Estaba claro que, como decía aquel verso, la valla publicitaria era otra cosa: no podría haber soledad en un mundo ocupado por un solo objeto. Y fue a por ello.

Es un resultado de la Teoría Especial de la Relatividad que en los cuerpos en movimiento el tiempo se dilata, de manera que si alguien sale en una nave a una velocidad próxima a la de la luz, y viaja durante, por ejemplo, un año contado por su reloj, cuando regrese a la Tierra comprobará que aquí han pasado cientos de años. Aquel reloj, la biología del que partió, su velocidad de pensamiento, el rebote de su mirada, todo, habría entonces sufrido un retraso respecto al terrestre en tanto duró el viaje. O la cabeza de la Estatua de la Libertad emergiendo de la arena en una playa donde hace cientos de años se hallaba el puerto de Nueva York, y Charlton Heston gritando, «Yo os maldigo, simios. Yo os maldigo». La fórmula que relaciona los tiempos de los 2 relojes es $T'/T = (1 - v^2/c^2)^{-1/2}$. Pero esto, de ser así, conduce a la llamada Paradoja de los Gemelos. Quizá todos seamos desenfocados gemelos de todos, humanos que convivimos desfasados por viajes cercanos a la velocidad de la luz. Cuando esa luz se detiene, mueres.

Finales de octubre, Ernesto llega a casa, enciende la tele, baja el volumen a cero y se sienta a dar los últimos retoques a uno de sus 2 proyectos más golosos: el Museo de la Ruina. Convencido como está de que el futuro se halla en la observación del acabamiento, concibe ese museo como un edificio que, por su especial estructura y elementos constructivos, pueda derrumbarse en cualquier momento debido al mínimo peso de las obras que albergue en su interior. La gente podrá pasar por delante y cruzar apuestas de cuándo se caerá, apuestas que gestionaría el ayuntamiento de la ciudad en asociación con un consorcio. El museo tendrá que ser edificado desde fuera, con grúas modificadas a tal efecto y andamios flotantes que en ningún momento tocasen las fachadas. Aparta la vista del ordenador, se mete la mano en el bolsillo y saca el dado nacarado que salió de la barriga de un pez. Lo lanza sobre la mesa y sale un 6 que tiene los puntitos medio borrados, así que es un 1.

El medio ambiente tiene un problema a causa de los 2 animales más extendidos en el planeta: las vacas y los cerdos. Hay países eminentemente agrícolas que incumplen todas las recomendaciones del Protocolo de Kioto. El motivo son las flatulencias producidas por estos animales; puro metano. Una vaca criada no con pienso sino bajo los presupuestos de una alimentación ecológica emite a la atmósfera 90 kilos de metano al año, el equivalente en energía a 120 litros de gasolina. Hace no muchos años, en la década de los 90 del siglo 20, la Tate Modern Gallery de Londres llevó a cabo un estudio para averiguar qué estaba dañando más sus cuadros. El estudio arrojó que no eran los flashes de los nipones, ni las manazas de los niños malcriados, ni siquiera el propio paso del tiempo, sino las ventosidades de los millones de visitantes que acuden cada año. Las emisiones anuales de 10 vacas ecológicas pueden hacer andar un automóvil durante 10.000 kilómetros. *Hay que liberar todos los fluidos, ya sean líquidos o gases, que los humanos hemos ido comprimiendo aquí en la Tierra. Dejar que se expandan. Hay que abrir al mismo tiempo todos los grifos en cada una de nuestras casas, piscinas, pozos y redes de abastecimiento. Hay que abrir todas las llaves de paso de bombonas de gas, de depósitos de aire comprimido de maquinaria diversa, de neveras, de aires acondicionados, de gases medicinales de hospitales, de ventosidades del estómago, todo. Tarde o temprano ellos mismos lo harán. No tiene ningún sentido continuar poniendo trabas a eso que los cosmólogos llaman expansión del Universo.*

Después de casi 8 horas durmiendo, Vladimir, rubio, 11 años, despierta a Rush, su hermano pequeño, acaso su gemelo ya que en realidad ninguno sabe qué edad tiene. En el interior del oleoducto todo está oscuro, el eco de sus propias voces les devuelve una vez más la sensación de tener compañía. El olor a petróleo que aún impregna las paredes los mantiene en un constante estado de atontamiento que, existiendo un objetivo muy definido por alcanzar, se transmuta en la obsesiva necesidad de ir siempre hacia delante. Rush se queja de que le duele la barriga. En tanto desayunan el complejo vitamínico, Vladi le dice, ¿No oyes como unas voces que no son el eco? No, no oigo nada. Sí, Rush, escucha bien. Sí, bueno, oigo algo, pero es un efecto de las orejas, que me duelen. No, no, a ver, apunta con la linterna al techo. Enmarcado dentro del haz de luz ven lo que claramente es una trampilla circular de la que penden unas escaleras plegables, que de inmediato terminan de desplegar subiéndose el uno a los hombros del otro. Vladimir desenrosca la manilla, abre la tapa con suavidad y eleva con cautela sus ojos. Parece el hall de un hotel, grande y vacío. Termina de subir, iza al hermano y ambos enmudecen. Corren hacia las puertas, pero están cerradas; las ventanas, dobles y blindadas, también. Miran a través de los cristales y ven una estepa de tierra marrón y mucha nieve punteada hasta el horizonte por antenas y repetidores de radio y televisión; está amaneciendo. En la misma recepción una radio de bolsillo emite en un idioma que desconocen la voz que débilmente habían oído en el interior del oleoducto. Tardan varias horas en recorrer las zonas principales, salas de proyección de cine, comedores, cocinas, dormitorios y habitaciones insonorizadas en las que tableros de parchís expuestos verticalmente abarrotan estanterías. Al pasar por un lavabo el pequeño dice, Me duele mucho la tripa, voy al váter. Yo también. Tras unos minutos, Vladi primero, y Rush después, salen del lavabo con un cofre de plomo de 1 cm de longitud, que lavan y después abren. Dentro, en una cápsula bicolor leen *Iodine-125 Radioactive*. Sin mediar palabra, se las meten en la boca y ayudados con agua las vuelven a tragar. En la cocina abren botes de carne, leche y confituras de 4 colores que engullen hasta que se hartan, y caen rendidos en el colchón de una habitación con tele y un reloj digital que no entienden. Tras 9 horas les despierta la radio, vuelven a comer, y con prisa abren la trampilla para bajar al oleoducto. Antes de cerrarla por completo y continuar ruta, Vladi echa un vistazo al techo acristalado, en el que ve por última vez sus ojos reflejados. Su hermano, ni siquiera eso.

*Entonces tu nombre era sinónimo de rock alternativo. ¿Te sentiste liberado cuando dejaste de «estar de moda»?:* En realidad para mí era una aberración que se me vinculara con la mayoría de los grupos de aquella historia, así que no me lo tomaba muy en serio. Por eso tampoco me afectó cuando desapareció. Es como las moscas: pueden resultar irritantes, pero pronto se aburren y se largan a otro sitio.

Entrevista a Steve Albini, productor
y líder de Shellac, *El pop después del fin del pop,*
Pablo Gil, Ediciones Rockdelux, 2004

Harold ya ha ascendido por el estado de Florida para entrar en el de Georgia, traspasarlo, llegar al de Alabama y seguir corriendo. Desde que abandonara su casa prefabricada en Miami y el tenis de videoconsola, sólo corre sin haber aún regresado. Únicamente se detiene para dormir; todo lo demás lo hace en marcha. Cada vez que llega a un cruce se decanta por un ramal al azar, y traza así un camino sinuoso que visto en mapa recuerda al de la carcoma en la pata de una cama con forma de continente americano [recientemente, alguien ha señalado su parecido con las circunvoluciones de un cerebro]. Pantalón de pinzas chino, polo rojo, cazadora como de aviador y las viejas Converse en los pies. Ningún signo le indica que deba ni seguir ni detenerse, adopta aquella neutra solución del Principio de Inercia que ya postulara Newton: en tanto nada lo impida, toda cosa en movimiento continuará su trayectoria a velocidad constante. Ha cerrado su mente de la misma manera que la carne tiende a cerrarse tras una operación quirúrgica. Es ése uno de los secretos que más le atraían cuando en Boston ejercía de médico: ¿por qué el cuerpo, aunque lo sometas a encarnizadas operaciones, siempre tiende a cerrarse, a cicatrizar su herida, a crear de nuevo oscuridad dentro de sí mismo como si la luz, que fuera es signo de vida, allí dentro equivaliera a muerte? Ahora Harold corre, aumenta su masa corporal, y así, cada vez le será más difícil a la luz llegar adentro, al centro del cuerpo que una vez maculado ya no tiene remedio. Muy lejos, una pantalla en blanco y negro de televisor acumula esa luz y miles de partidas de tenis ganadas contra sí misma con un esponjoso *doing*. 3057 km recorridos, y ni un solo recuerdo.

Las caras de Bélmez son un fenómeno [habitualmente califi-
cado como paranormal] que se produce desde 1971 en el
suelo de la casa de calle Real 5, Bélmez de la Moraleda [Jaén,
España]. Es uno de los llamados *fenómenos ocultos* más co-
nocidos de España, que ha dado lugar a una extensa biblio-
grafía, y uno de los hitos de la sociedad española de finales
del franquismo. Internacionalmente, hay quienes lo han
considerado «sin duda, el fenómeno paranormal más importante del siglo 20».

La primera noticia sobre el fenómeno apareció publi-
cada en un diario local en noviembre de 1971 y fue en lo su-
cesivo tratada profusamente por los medios de comunicación
de la época. Una vecina de Bélmez, María Gómez Cámara,
aseguraba que el 23 de agosto de ese mismo año se había for-
mado de repente, en el suelo de cemento de su cocina, una
gran mancha con forma clara de rostro humano. El esposo
de María Gómez, Juan Pereira, y el hijo de ambos, Miguel,
decidieron picar el cemento hasta hacer desaparecer aquel dibujo que atribuían al capricho de la humedad. Sin embargo,
siempre según el relato de los protagonistas, reapareció días
más tarde en la nueva capa de cemento. Era un rostro apa-
rentemente de varón, con los ojos y la boca abiertos y unos
largos trazos oscuros a modo de bigotes. En los días siguientes aparecieron en el suelo de la cocina y el pasillo de la casa
nuevos rostros que se añadieron al inicial, que aparecían y de-
saparecían, se desplazaban o se transformaban en otros, en un
continuo movimiento que ha continuado hasta hoy día.

[http://es.wikipedia.org/wiki/Caras_de_Bélmez]

Segundo domingo de mes, Antón va directo al puesto de ordenadores reciclados que sin falta se instala bajo una carpa de la feria. Hombre, Bacterio, otra vez por aquí, cuánto tiempo, le dice el muchacho con una tarjeta de sonido en la mano. Sí, Félix, hacía tiempo, eh, a ver, qué tienes por ahí para mí. Pues precisamente te he guardado este lote de 2 386, 1 Pentium I, y 5 286 que me dieron a buen precio en el hospital Xeral de Santiago. ¡Pues cojonudo! Me los llevo todos, a ciegas. Monta en el coche y tira monte arriba, hacia una pista cada vez más cerrada porque cada vez sale menos de casa. Además de un pequeño trozo de jersey de rombos rojos y verdes, una montaña de PCs es lo único que se ve dentro del Ford Fiesta. Una vez en casa, e instalado en su taller, desmonta las CPU de los ordenadores, tira las carcasas a un montón y extrae de cada una únicamente el disco duro, una pieza de color negro, compacta y rectangular, del tamaño de una agenda de bolsillo pero con mil millones más de información que una agenda de bolsillo. Toma un taladro de broca fina y atraviesa cada uno de esos discos duros con un agujero, por el que pasa un hilo de pescar, hilo al que, a su vez, le ata en el otro extremo una pequeña piedra. Apoya ese conjunto disco-piedra cuidadosamente sobre una pila de otros iguales en el suelo, al lado de la estufa de keroseno, y repite la operación con los 7 discos duros restantes. Después se sienta ante el PC para ver cómo va la descarga de la película *El último hombre vivo*. No tarda en escuchar bajo su ventana la voz de Eloy, su compañero percebero, ¡Antón, qué haces! ¡Nada, ahora bajo! ¡Venga, coño, deja de hacer el Bacterio y vamos a preparar los aperos! De camino a casa de Eloy, toman un atajo que Antón dice conocer bien, disimulado entre unos tojos que rodean a un puñado de eucaliptos. A los pocos minutos, Mira, mira, dice Antón, Ahí está el hormiguero del que te hablé. Un pináculo de metro y medio de altura hecho de finísima tierra deglutida y polvo de maleza. Joder, dice Eloy, Qué mogollón de agujeros tiene. Coge una piedra y la lanza con fuerza. ¡No, no, coño!, dice Antón, ¡No lo destruyas! En el momento del impacto, una ondulante naturaleza hasta ese momento no revelada se manifiesta en forma de red de puntos negros que, nerviosos, vibran a velocidad constante. Eloy echa a andar. Antón se queda unos segundos observando.

Entonces encontraron un cuerpo flotando en el lago, boca arriba, con el ojo derecho, el único que le quedaba, abierto y sin signos de aparente agresión humana. El volumen corporal, debido al agua ingerida, a los agentes químicos en suspensión que abarrotaban el lago y a la diferente fauna y flora que había tomado forma en los intestinos y otros conductos internos del fallecido, se había multiplicado casi por 2; en concreto, 1.87. La monstruosa obesidad de Marlon Brando en una selva vietnamita mientras una colección de mariposas tararea ante sus ojos «This is the end», el Taxi Driver que fracasa porque envía sus naves a luchar no contra los hombres sino precisamente contra los elementos, el *replicante* que al final resultó ser uno de los buenos, la cara de Ingrid Bergman cuando ve que el volcán Stromboli no vomita precisamente caramelo, aquel niño que dijo «en ocasiones veo muertos». Ya encontraron las armas de destrucción masiva, y sólo era una. Estaba alojada en el estómago del dictador.

Un viernes por la tarde Ernesto ve a lo lejos, donde las naves de almacenamiento se solapan con la túnica de la Estatua de la Libertad, un coche marrón oscuro; una silueta dentro. Ya desde que comenzó a anochecer se había fijado en ese coche porque de su interior salía un resplandor elástico, que iba y venía sin nunca llegar a propagarse ni a la extinción. Estaba seguro de que era el encargado, que vigilaba sus movimientos con la grúa, seguramente alertado por el chivatazo de algún compañero, así que ese día no consumó su habitual pesca de contenedor, sino que descendió de la grúa con tranquilidad, se cambió de ropa en la caseta, metió todo en la Atlanta '96 y salió en dirección hacia aquel coche, que le cogía de camino a la parada del bus. Hasta que casi no estuvo a la altura del automóvil no se percató de que no era el encargado quien estaba dentro, sino una desconocida, y de que el vehículo era de madera. Tosco, casi *picapiédrico* y construido sin matiz, tenía un tamaño estándar, quizá un poco alargado, y de lo que parecía ser el motor salía, en efecto, un resplandor. La ocupante, una joven corpulenta aunque bien dibujada, de tez clara y ojos oscuros, abrió la puerta, que cedió levemente en sus bisagras, y le dijo, Perdona que te moleste, ¿podría hacerte una pregunta? Ernesto no dijo nada, y ella continuó, Es que he visto estos días cómo pescabas, y me gustaría probar a mí. Ernesto en un principio no supo reaccionar, sólo dijo, Ah, bueno, vale, pues mejor mañana, ahora tengo prisa. Palabras que salieron de su boca con aplomo, seguro como estaba de que aquella demente al día siguiente no aparecería. Pero sí apareció. Poco antes de terminar el turno, ya se dibujó de nuevo el veteado del automóvil entre las naves de almacenamiento, estático, al ralentí, y el mismo resplandor dentro. Para cortar de cuajo con la broma, se dirigió a ella. La cara de la mujer, un esquema en la oscuridad, ni se inmutó cuando él le dijo, A ver, qué cojones quieres de mí. Y ella sale del coche, y dice, Perdona de nuevo, no quería incomodarte, acabo de llegar de Los Ángeles y no tengo dónde ir, ni nada para comer, y se me ocurrió que quizá podrías darme algo de ese pescado. Ernesto se disculpó de alguna manera y la invitó a acercarse hasta la grúa, a lo que ella dijo, Te llevo hasta allí en coche. ¿Y qué es ese resplandor que sale del motor?, preguntó él antes de meterse y cerrar la puerta. Es fuego, respondió, Es un coche de madera alimentado con madera, todo es madera, madera sobre madera, madera contra madera. Entonces Ernesto se fijó en que, en efecto, las ruedas eran de madera, los asientos, el volante, los colgantes, todo. Las ventanas no tenían cristales sino contraventanas, y en el interior del capó un motor quemaba madera a toda mecha. Lo construí, le dijo mientras ya sumergían el contenedor en el agua, Con tablones de encofrado de una obra, allí en Los Ángeles, por eso verás que tiene aún restos de cemento y de dibujos a lápiz de las cuentas de los albañiles, ¡eh, atento, mira cuántos peces salen! Pero, comenta Ernesto, ¿Quieres decir que has venido con ese trasto desde Los Ángeles? ¡Pues claro!, sí, hombre, créetelo, no es tan difícil, tuve que pilotar trazando una ruta en la que siempre hubiera bosques y aserraderos, un poco sinuosa, pero eso aquí, en Norteamérica, es fácil, al llegar a Nueva York sólo se me ocurrió venir al puerto, en estos sitios siempre suele haber palés de madera que los estibadores te dan para quemar, pero después faltaba por resolver el problema de la comida, me quedé sin dinero hace ya unos días. Ernesto resopló. Bajaron de la grúa e hicieron una selección a bulto. Él cogió 2 piezas pequeñas y ella cargó el triple en la parte trasera del coche. Se despidieron. Ernesto, mientras se iba, miró hacia atrás. La vio inmóvil, con la vista fija en las llamas. Le gritó, ¡¿No te marchas?! ¡No, duermo en el coche; está calentito!

Saigón, mierda, aún sigo solo en Saigón. A todas horas creo que me voy a despertar de nuevo en la jungla. Cuando estuve en casa durante mi primer permiso, era peor, me despertaba y no había nada, apenas hablé con mi mujer, salvo para decirle «sí» a su petición de divorcio. Cuando estaba aquí quería estar allí, cuando estaba allí no pensaba más que en volver a la jungla. Llevo aquí una semana, esperando una misión, desmoralizado. Cada minuto que paso en este cuarto me hace ser más débil, y cada minuto que pasa, Charlie, como llamamos al Vietcong, se agazapa en la selva, se hace más fuerte.

*Apocalypse Now,* Francis Ford Coppola

Pero entonces, dice Jota a los 5 amigos y a Sandra, agrupados en torno a unas cervezas, Ocurrió lo que nadie esperaba, en la ciudad de Madrid, una enorme llama olímpica, un rascacielos denominado torre Windsor, comienza a arder a eso de las 11.30 de la noche, los bomberos no pueden hacer nada, la columna de humo se ve desde las ciudades adyacentes, el incendio persiste hasta el mediodía siguiente y miles de habitantes, después de comprar la prensa y el pan, se acercan a ver cómo se consume y retuerce el edificio en aquella soleada mañana dominical de febrero. Simultáneamente se está celebrando en esa misma ciudad la Feria de Arte Contemporáneo, ARCO, ya sabéis, y aquel día la afluencia de público a la feria baja un 50%. A ver, decidme, ¿qué prefirió la gente?, yo mismo os contesto, pues está claro que contemplar el edificio humeante, la verdadera obra de arte. Y si no, haced la prueba: si ahora, aquí, cualquiera encendiera un fósforo, ya veríais como, inconscientemente, todo el mundo dirigiría la vista hacia esa llama. Pero además, hay otro asunto, y cuidado, es un secreto, sé que fue una obra de arte porque la hice yo.

Y Julio escribe, *Oh Maga, en cada mujer parecida a vos se agolpaba como un silencio ensordecedor, una pausa filosa y cristalina que acababa por derrumbarse tristemente, como un paraguas mojado que se cierra. Justamente un paraguas, Maga, te acordarías quizá de aquel paraguas viejo que sacrificamos en un barranco del Parc Montsouris, un atardecer helado de marzo. Lo tiramos porque lo habías encontrado en la Place de la Concorde, ya un poco roto, y lo usaste muchísimo, sobre todo para meterlo en las costillas de la gente en el metro y en los autobuses, siempre torpe y distraída y pensando en pájaros pintos o en un dibujito que hacían dos moscas en el techo del coche, y aquella tarde cayó un chaparrón y vos quisiste abrir orgullosa tu paraguas cuando entrábamos en el parque, y en tu mano se armó una catástrofe de relámpagos fríos y nubes negras, jirones de tela destrozada cayendo entre destellos de varillas desencajadas, y nos reíamos como locos mientras nos empapábamos, pensando que un paraguas encontrado en una plaza debía morir dignamente en un parque.*

Y a renglón seguido,

**Definición de punto de acumulación:** *Si un conjunto S está contenido en el espacio $R^n$, y el punto $x$ pertenece a $R^n$, entonces ese $x$ se llama punto de acumulación de S si cada n-bola abierta centrada en $x$, $B(x)$, contiene por lo menos un punto de S distinto de $x$.*

*Ejemplo de punto de acumulación son los puntos vértices, telúricos, de los objetos, tales como la punta de un pararrayos o de un paraguas abandonado.*

Un hombre mayor pero no anciano que vive en el 6º piso, 4ª escalera, bloque P, está sentado a una mesa camilla. Ciudad de Ulan Erge. Mira hacia la ventana. La caperuza de tela de algodón, producto de la unión de infinidad de sábanas, que cubre el edificio le impide ver a través de los cristales. Este invierno, este hombre mayor pero no anciano ha tenido suerte, han coincidido sobre sus cristales bastantes fragmentos de sábanas con manchas sugerentes, alguna que otra frase escrita a tinta, incluso alguna silueta de cabeza y tronco, así como vestigios de residuos orgánicos de aquellos soviéticos que en los campos de concentración con esas sábanas se resguardaron del frío. Como están por fuera del cristal, esa segunda piel ni huele ni incomoda, y resulta un paisaje entretenido para los 6 meses de invierno a falta de la visión a cielo abierto. Es práctica habitual entretenerse en esas composiciones intuidas en las telas y, como cuando se mira una nube, aplicarles formas de objetos comunes, o bien construir historias sobre los hombres y mujeres en función de las manchas y secreciones que en ellas vertieron sus cuerpos, de tal manera que algunos vecinos se van juntando por turnos en los pisos y el anfitrión cuenta la historia de su paisaje señalando sombras, signos, manchas, mientras el resto escucha el relato atentamente ante una taza de agua caliente con vodka y azúcar.

Las gotas de la primera tormenta de otoño golpean contra la uralita de la caseta. Marc, tumbado en la cama, mira al techo. Piensa en Henry J. Darger. A Marc, la obsesión por Henry J. Darger, ese hombre que encerrado en su casa de Chicago había escrito y pintado la obra más extraña de la historia de la literatura, ese hombre a quien Marc tiene por el fermión absoluto, el solitario por antonomasia, le había sobrevenido a raíz de un CD que le había regalado Sandra de Sufjan Stevens, en concreto, *The Avalanche,* y más en concreto, por la canción «The Vivian Girls are Visited in the Night by Saint Dargarius and his Squadron of Benevolent Butterflies». A Sufjan Stevens Sandra no lo conocía hasta que por casualidad lo vio en Londres, en una actuación en directo; presentaba su último disco. El cantante llevaba una camisa de gasolinero de Texaco, pantalón vaquero y unas grandes alas de mariposa a la espalda moteadas de purpurinas y extraños colores, que se movían cuando él rasgaba la guitarra; varios ángeles atados con cuerdas se balanceaban por el escenario con pequeñas arpas mientras él envolvía todo eso en melodías *folk* del Medio Oeste. Cuando al día siguiente fue a comprar el CD, Sandra supo por el título de esa canción que en ella el músico recreaba el universo de Henry J. Darger. Inmediatamente lo metió en un sobre y se lo envió a Marc. Las gotas de la primera tormenta de otoño golpean contra la uralita de la caseta. Marc no hace nada, tumbado en la cama mira al techo. Suena repetidamente la canción «The Vivian Girls are Visited in the Night by Saint Dargarius and his Squadron of Benevolent Butterflies», donde en menos de 2 minutos se recrea el batir de alas de mariposas gigantes de colores pastel y purpurina, y el retoce de niñas semidesnudas adormecidas. Tanto en la canción como en la caseta se hace de noche.

Antón tiene la teoría de que en los discos duros de los ordenadores, toda la información allí escondida y digitalizada en ceros y unos jamás se pierde por mucho que se formatee el disco, sino que por un proceso espontáneo que con los años de desuso del disco convierte lo digital en analógico, puede verse físicamente materializada en una sustancia derivada, espesa y de color azul amarillento, llamada *informatina;* pura química de información con ADN propio. Dado que la información ni se crea ni se destruye, sólo se transforma, y dado también que el percebe es el único ser vivo que crece en una violenta frontera de la que recibe constantemente información del conjunto de todos los procesos naturales [de ahí su musculatura e intenso sabor], el sueño de Antón es poder traspasar toda esa *informatina* de los discos duros al percebe. Se multiplicaría su sabor, piensa, sin perder el aroma original marino, y ganarían en tamaño. Transmutar los ceros y unos de una foto de familia retocada con Photoshop, o de un mal verso esbozado con Word, o de una contabilidad gestionada con Excel, en puro músculo comestible.

Tras varios días sin saber de la mujer del coche de madera, ésta reapareció una tarde de viernes, justo cuando Ernesto había finalizado la pesca. Le saludó efusivamente, traía peor aspecto que el último día. Ernesto se mostró más comunicativo. Supo entonces que se llamaba Kazjana, sacó una botella de vodka del asiento de atrás, se liaron a beber y terminaron cruzando el puente de Brooklyn en el coche de madera en dirección a la casa de Ernesto. Allí prepararon el pescado y continuaron bebiendo hasta las tantas. Ernesto le contó por encima sus proyectos arquitectónicos, y ella que era artista, chechena, muy bien considerada en Europa. Había venido a Norteamérica a hacer un documental, se trataba de una película en la que lo significativo era recoger la reacción de las personas cuando la vieran pasar con el coche de madera, tenía todo el documento en vídeo, aseguró. El holandés Joost Conijn ya lo hizo en Europa, le dijo, Y yo quería probarlo aquí, en América la gente es diferente, será interesante comparar las 2 películas, pero el caso es que ya he terminado el dinero y no estoy muy satisfecha con el resultado; además, la fundación para la que hago el trabajo hace más de un mes que no sabe nada de mí, en fin, ¿conoces a Joost Conijn? No, jamás he oído hablar de él, comenta Ernesto mientras muerde la cola de un pescado que había quedado intacta en el plato. Continuaron bebiendo, pero ella más. Tragaba el licor y le decía a Ernesto cosas como, «es que a mí el licor no me va al estómago, sino a otro conducto que sólo los chechenos tenemos; ponme otra». Cuando al día siguiente se despertaron brillaba un sol frío de enero; fuera había nieve. La luz fileteó la cara de Ernesto cuando miró a través de las láminas de la persiana. Entre un Chrysler y un Pontiac, la nieve cubría el coche de madera, parecía que le habían robado una rueda. Kazjana dormía aún en el sofá, y él aprovechó para bajar a comprar donuts y café para el desayuno. Cuando una hora más tarde ella se sentó en la mesa y el humo de la taza le enmascaraba la cara, se partió de risa en el momento en que Ernesto fue por detrás hasta su silla e intentó hacerle lo que no había tenido valor de hacer la noche anterior, bajarle el tirante de la camiseta. Entonces ella le dio un manotazo que lo tiró y después le habló de un estrecho de Bering hecho de agujas de coser en vez de agua, y de un barco allí, en medio de olas de metal.

En las suaves llanuras de matorral que rodean a la explotación porcina de Vartan, sólo una carretera perfectamente asfaltada comunica el edificio con las tierras de Azerbaiyán, pasando antes por el Alto de Karabaj. A esa silueta de oscurísimo asfalto y líneas blancas discontinuas, las 20 familias que cuidan de los cerdos la llaman «la escuela», ya que fue en ella donde los ejércitos azerbaiyanos en sus coches 4x4 aprendieron a disparar en movimiento a los civiles que recogían matorrales utilizados para hacer fuego y tumbar sobre ellos al ganado. Los soldados cruzaban apuestas a ver quién podía acertar a las dianas humanas yendo más rápido. Tras la guerra, sin poblaciones ni soldados que le den vida, por esa carretera no pasa nadie. Las 20 familias a veces salen juntas a recorrer la carretera a pie, se arman de comida de cerdo en salazón, pan y vino, y se sientan a merendar en algún lugar siempre nuevo pero que es como si siempre fuera el mismo, ya que esa llanura es la exacta repetición de un paisaje euclídeo. Tras comer, cantan y bailan. A lo lejos, en ocasiones, se ve un burro caminando por una vía de tren en desuso. Incluso a veces han llegado hasta el Alto de Karabaj, donde hay una pequeña ciudad cosida a balas y sin habitantes, en la que sólo se conserva una sucursal de mensajería UPS con un solo empleado. Allí, Arkadi, el más viejo del grupo, se fijó un día en un cartel de una fachada de esas casas, en el que se leía la frase, escrita a brocha, «se vende sebo», pero estaba tachada, y justo debajo, «se vende lavadora», pero también estaba tachada, y justo abajo, sin tachar, «se vende casa». Ahora a toda esa zona la han clasificado parque natural. Fue precisamente el viejo Arkadi quien, en una de esas excursiones, mientras el resto encendía el fuego para asar patatas y panceta, se tumbó a dormir en un lugar un poco apartado, sobre unos matorrales de una especie catalogada como protegida, y cuando despertó notó algo duro bajo su cabeza. Apartó las ramas con torpeza y encontró la carátula de un disco. Era el *Sargent Pepper's Lonely Hearts Club Band* en no muy buen estado. Dentro, ni disco, ni lombrices, ni tierra, ni *corazones solitarios* ni nada; vacía. Después de la merienda-cena regresaron, como siempre, entonando canciones y guiados por el sobreático de Vartan, punto luminoso que fluctuaba suavemente como una esponja de luz que los absorbiera. A veces los rebasaba un camión cargado de pieles de cerdo curtidas, guiado por esa misma luz.

Una característica clave de este tipo de posthumanismo es que, como su nombre indica, es una forma especial de humanismo. Como lo explica la Declaración Transhumanista del Extropy Institute: «Los transhumanistas llevan el humanismo más allá, al desafiar los límites humanos por medio de la ciencia y la tecnología, combinadas con el pensamiento crítico y creativo. Desafiamos a la inevitabilidad del envejecer y de la muerte, y buscamos continuar aumentando nuestras capacidades intelectuales, nuestras capacidades físicas y nuestro desarrollo emocional. Vemos a la humanidad como una fase transitoria dentro del desarrollo evolutivo de la inteligencia. Abogamos por utilizar la ciencia para acelerar nuestro desplazamiento de una condición humana a otra transhumana».

Eugene Thacker, «Datos hechos carne»,
revista *Zehar*, nº 45, 2001

Steve es cocinero, administrador, ideólogo y regente del Steve's Restaurant, en Orange Street, Brooklyn, espacio que funciona como una especie de laboratorio de ideas. Polly, su mujer, sirve y limpia las mesas. En origen era un tugurio, y estéticamente lo sigue siendo, pero con el tiempo ha ido ganando fama y hoy por hoy hay lista de espera de hasta 3 y 4 meses para encargar mesa. Es habitual ver a Steve, corpulento y barrigón, entre los fogones con un abrigo de astracán casi hasta los pies que cubre sólo unos calzoncillos, dando voces a ninguna parte en tanto los clientes aguardan. Ni hay carta de platos ni se puede pedir. El cliente se sienta en una mesa de mantel de cuadros con unas vinagreras en el centro, sal, pimienta y una lamparita, y los platos van llegando. Los que más se sirven, según el humor de Steve, son: fotografías polaroid hechas furtivamente al cliente a través de un agujero practicado en la pared de la cocina, fritas y rebozadas en huevo, de tal manera que al retirar ese huevo aparecen los objetos y los rostros transformados. Otro muy servido son cables eléctricos, de los clásicos 3 colores [positivo, negativo y tierra], sumergidos en aceite con ajo del Líbano. Otro es libro de bolsillo en almíbar, que se presenta enroscado como un tubo dentro de un frasco, sumergido en el almíbar, donde el azúcar se adhiere sólo a la tinta de las letras para después cristalizar en relieves. Y por último, carpaccio de hojas de obra literaria maceradas a la pimienta, que pueden ser, según lo que Steve encuentre en el mercado de segunda mano: 1) *On the Road* de un tal Kerouac, o 2) la Constitución de los Estados Unidos de América, o 3) *Don Qui-*

*jote de la Mancha* de Miguel de Cervantes. También, ahora está ensayando CDs vírgenes al horno, que se arrugan y
ampollan como una oreja de cerdo chamuscada, y se los
sirve a los musulmanes que, por representación simbólica
del mal, quieran entrar exorcizados de una vez por todas
en el siglo 21. Todos los platos los presenta el propio Steve, que sale de la cocina con ellos en alto, a grito pelado.
Unos acuden por contemplar lo que, aseguran, es una
maravilla de la cocina teórica; otros, los más, por simple
curiosidad, y no vuelven; y un grupo más reducido por
considerar que allí se realizan obras de arte en tiempo real.
Una vez al año, organizan una jornada de puertas abiertas,
que consiste en que todo el quiera puede traer su propio
plato teórico y presentarlo, y se dan premios y nomina-
ciones. Las 12.30 de la noche, han cerrado. Polly está dentro de la barra tomando una ginebra con naranja, Steve se
desabrocha el abrigo y se sienta en un taburete frente a
ella, que le pasa la mano por el pelo. Hoy estoy roto, dice
él mientras se deja atusar. El astracán del abrigo, entrea-
bierto, se confunde con el pelaje del pecho. Venga, pequeño oso, vamos a dormir, dice ella. Él hace como que
no oye. ¿Sabes, Polly, lo que me gustaría hacer de verdad?
Dime. Ahora cocinamos objetos, pequeñas cosas que hay
por ahí, pero ¿no te apetecería cocinar, por ejemplo, un
barco, o un avión, o la ciudad de Nueva York, o un rayo
de luz, o mejor aún, el horizonte? ¿Te imaginas cocinar el
horizonte? Sí, Steve, claro que me lo imagino, tú podrías
hacerlo, desde el primer día que te vi ya supe que tú puedes cocinarlo todo. Apagaron las luces y subieron al piso
de arriba, donde se ubica su vivienda. Al día siguiente, lo
primero que le dijo Steve a Polly cuando se despertó fue,
Lo he visto, ya lo sé, lo tengo claro, ya sé cómo cocinar el
horizonte.

*¿Qué es lo más importante que has hecho con tu música?:* Lo más importante es lo que dejas en la gente. La gente escribe cartas personales donde explican su relación con la música o con las canciones, cartas donde hablan de un período de su vida, de lo que hacían, de lo que les pasaba; y en ese tiempo salió tal disco, y todas sus vivencias y recuerdos están relacionados con ese disco. Se vuelven como grabaciones caseras de vídeo para la gente, algo que escuchan y que se llevan a la tumba. Eso es sin duda lo más importante, absolutamente, porque es lo que yo también obtuve de la música. La primera vez que escuchas un disco que te impresiona es una sensación que guardas toda la vida, es la experiencia más profunda que has tenido nunca.

Entrevista a Thom Yorke, líder y cantante
de Radiohead, *El pop después del fin del pop,*
Pablo Gil, Ediciones Rockdelux, 2004

Desde 1965 se sabe que el Universo se halla en expansión, ahora se ha descubierto que además se está acelerando, como si a grandes distancias existiera una antigravedad que, en vez de atraerlas, repeliera a las masas. Nadie sabe a qué se debe, por lo que esa antigravedad ha sido bautizada con el nombre de Energía Oscura. Lanzar una piedra al aire y que nunca regrese. Un anciano que cuanto más anciano menos arrugas tuviera. La lógica del náufrago y el mensaje en la botella, que se lanza para que no vuelva. Además, están los cuerpos que crecen indefinidamente, las parabólicas, las azoteas.

Jota se mudó pronto al apartamento de Sandra. Sólo una maleta. En aquella época, él le hizo unas cuantas observaciones que le fueron de bastante ayuda para su investigación; no eran datos técnicos, pero sí ideas tangenciales que ella reinterpretó a su propio lenguaje. Un viernes, cuando Sandra regresaba del Museo de Historia Natural, se encontró los arabescos de la pared empapelada del dormitorio dibujados con colores, diagramas, flechas y cosas así. A Sandra le hizo gracia, y le dijo que lo invitaba esa noche al concierto de Deerhoof, en la Sala Garage, pero él replicó, Es que precisamente hoy, por la mañana, he ido a la Tate a la exposición de Vik Muniz, la del vídeo de que te hablé; estaba llena de gente, así que me senté en el suelo, y al cabo de un rato un tipo se sentó a mi lado y comenzó a hacerme comentarios de las imágenes. Al principio me incomodó mucho, pero hizo unas cuantas observaciones absolutamente interesantes, y yo también me animé, así que estuvimos súper bien charlando. Se fue antes de que acabara la proyección, pero me dio su dirección y dijo que pasara cuando quisiera. Había pensado que podíamos ir esta noche; me apetece mucho. Sandra no pudo sino consentir el capricho de Jota. Dejó en el armario el menú que había pensado para el concierto y se puso una falda de paño, zapatos de medio tacón y las gafas de ver de cerca. Él, como siempre, el mono azul salpicado de pintura. La casa en cuestión estaba muy cerca del metro de Picadilly, el 6º piso de un magnífico edificio neoclásico. El ascensor sólo tenía hasta el 5º, donde se bajaron para subir después unas escaleras que les condujeron directamente a una única puerta sobre la que ponía 6º. Abrieron y encontraron una azotea relativamente bien iluminada, y una caseta al fondo, de unos 20 m$^2$ con forma de L, y un hombre dentro, sentado de espaldas. 4 o 5 calzoncillos goteaban agua colgados de unas cuerdas; también de esas cuerdas colgaban, perfectamente ordenados y prendidos por pinzas, muchos folios escritos a máquina. Hola, medio gritaron. El hombre se revolvió, ¿Quién es? Soy yo, el de la mañana, el de la Tate. ¡Ah! Pasa, pasa. Era un tipo mayor, tirando a anciano y corpulento, vestido con un grueso abrigo. Se rascó la barba antes de estrecharles la mano. Tomó un par de banquetas y les conminó a que se sentaran. Casi nada cubría las paredes, levantadas con un ensamblado de latas y chapas. Hizo unos cafés. Charlaron animadamente en torno a una mesa, que era lo único que casi había allí salvo un camping gas, un par de platos, un colchón bastante nuevo, un libro que ponía en el lomo *Guía agrícola Philips 1971* y una radio. En un inglés impecable, les contó que había sido escritor y que, tras vivir en París, a partir de 1984 había deambulado por ahí hasta fijar su residencia en Londres. También les preguntó por sus trabajos y mostró mucho interés por ambos muchachos. Sacó algo de comida y vino y bebieron de más y lo pasaron bien. Antes de que se fueran les contó que su obra cumbre era una novela llamada *Rayuela,* pero que existía también una Rayuela B o Teoría de las Bolas Abiertas, que paralelamente había escrito y que guardaba para sí. Cuando se fueron, ya en la calle, miraron hacia arriba y él les saludó con la mano desde el muro barandilla. Instintivamente, al girar la esquina, Sandra y Jota se miraron, y ella le dijo que durante toda la noche había estado pensando que, en realidad, todo, incluso ellos mismos, eran hormigas bajo tierra, y que la ubicación de la verdadera superficie terrestre estaba aún por determinar.

Walter H. Halloran, uno de los jesuitas que colaboraron en el exorcismo de un niño en San Luis [historia en la que se basaron el libro *El exorcista,* de William Peter Blatty, y la película de William Friedkin], falleció el pasado 1 de marzo, a los 83 años, en Wisconsin, Estados Unidos. Halloran era un seminarista de 28 años en enero de 1949, cuando asistió, junto a otros 4 sacerdotes, al padre William S. Bowdern, de la iglesia de San Francisco Javier, en San Luis, durante el exorcismo de un niño de 11 años llamado Robbie. El niño tenía problemas de conducta extremadamente agresiva y sus padres le habían llevado a médicos y psiquiatras, pero todo había sido inútil. Pensando que su hijo estaba *poseído* por el demonio, recurrieron al arzobispado católico de Maryland y éste les remitió al padre William Bowdern. Las sesiones de exorcismo duraron 3 meses. Robbie se recuperó e hizo una vida normal, no guardó recuerdos de la experiencia ni tuvo posteriormente síntomas de desequilibrio psíquico. La Iglesia católica no reconoció que se tratara de un exorcismo genuino y el caso llegó a deliberarse entre médicos y expertos, que llegaron a la conclusión de que había sufrido una enfermedad mental. Halloran mantuvo silencio sobre el exorcismo hasta hace pocos años, cuando era ayudante del párroco de la iglesia de Saint Martin of Tours, en San Diego. Recordaba vívidamente el caso y afirmaba que habían ocurrido sucesos inexplicables en el transcurso del ritual y que el niño reaccionaba con agitación al agua bendita, a la comunión y al oír los nombres de Jesús, Dios y la Virgen María. Señaló que el exorcismo de Robbie le había servido para reafirmar su fe en la Iglesia católica. Reconoció también que había acudido con William Bowdern a ver la película, pero no les había gustado nada. Les pareció un típico producto de la factoría Hollywood, un filme de terror para hacer aullar a muchos de los espectadores.

Necrológicas, *El País,* 14-03-05

Dentro sólo se oye el viento que fuera golpea la alambrada. Los libros están en sus estantes, los ordenadores cargados de programas, los platos de las cocinas limpios y
perfectamente apilados, la carne intacta en las salas frigoríficas, los tableros de colores en las vitrinas y las fichas y
cubiletes encubando teóricas partidas. También una radio
que un obrero se dejó encendida, «... y en internacional,
millones de personas continúan haciendo cola para ver los
restos mortales de Juan Pablo II. En Berlín, ante una gran
expectación por parte de público y prensa, el conocido
grupo de escritores británico The No Syndicate ha pre-
sentado la que es su quinta obra colectiva anglo-hispana,
titulada *Heidi Street [El Regreso];* como ya es habitual en
sus presentaciones, los miembros, que mantienen el ano-
nimato, leyeron varios fragmentos y contestaron a algunas
preguntas con unos pasamontañas negros que les cubrían
el rostro, continúa la mañana en Radio Nacional de España, Radio 5, todo noticias...».

El modo en que encontraron, en 1972, el cuerpo sin vida de Henry J. Darger, en su apartamento de Chicago, tras haber estado prácticamente toda su vida sin salir salvo para ir a misa, en ocasiones hasta 5 veces al día, fue de una manera tan vulgar como en apariencia lo había sido su existencia. El casero vio que por primera vez en 47 años se retrasaba en el pago de la mensualidad. Se acercó hasta la calle Ford T e, inquieto, comprobó que Henry no contestaba al timbre. Como nunca había tenido que usar su llave en esos 47 años, la había perdido, así que fue la policía quien tuvo que abrir a patadas la gruesa puerta de roble. Lo que allí descubrieron tardaron años en poder describirlo: el cuerpo de Henry, sentado en un sillón de orejeras, orientado a un televisor encendido, con un libro entre sus manos y una Coca-Cola de litro abierta y sin gas, apoyada en el suelo junto a sus gafas. En su estudio, que abarcaba también parte del salón y de la cocina, hallaron una de las obras más obsesivas, voluminosas y completas de la historia de la literatura, de la pintura, de la música y hasta del cómic. Un manuscrito de más de 15.000 páginas mecanografiadas a un solo espacio, más de 300 acuarelas de colores pastel y dimensiones gigantescas, imágenes de santos, recortes de periódicos y un imposible dietario en el que anotó y comentó cada día sin excepción durante 10 años el parte meteorológico de la ciudad de Chicago, al cual se tomó la molestia de titular *The Book of Weather Reports*, lo que da una idea de que para él toda su vida era en sí una obra. Su novela se titulaba *The Story of Vivian Girls, in What is Known as the Realms of the Unreal, of the Glandeco-*

*Angelinnian War Storm, Caused by the Child Slave Rebellion,* y las 300 acuarelas supuestamente la ilustraban. Un relato épico en el que 7 niñas princesas del reino de Abbiennia, las Vivian Girls, luchan en un planeta imaginario contra ejércitos de adultos glandelinians que esclavizan y torturan a niños. En las acuarelas se combinan escenas de una violencia extrema, niñas empaladas con las tripas fuera, o niñas en postura de tortura, con niñas desnudas y distraídas correteando por campos de flores, armadas con gigantescas alas de mariposa de color pastel y ribetes dorados. Algo que llama la atención es que esas niñas están dotadas de un pequeño pene, van desnudas y únicamente llevan cubiertos los pies, con zapatos de charol y calcetines bordados. Una de las teorías que intentan explicar ese detalle es que Henry J. Darger jamás había tenido relaciones íntimas con una mujer por un obsesivo miedo a que fuera su hermana, aquella que había sido dada en adopción y nunca llegó a conocer. Otra teoría es que se inspiraba directamente en el cuerpo del Niño Jesús. Su obsesión por las descripciones hacía que relatara exactamente en el libro todas las batallas, que pusiera nombre a todos los cientos de soldados, que describiera y dibujara los uniformes, las banderas, los caballos, las mariposas, y que hasta compusiera las canciones de los himnos de los diferentes países y tropas. Cuando lo hallaron muerto, sentado en su sillón de orejeras, con una botella de litro de Coca-Cola sin gas apoyada en el suelo junto a sus gafas, el libro abierto que tenía entre sus manos llevaba por título *Hagakure. El libro del samurái.* En la tele, encendida, un Michael Jackson muy niño le decía a un entrevistador que lo que le gustaba, mucho más que cantar, era tener amigos.

*¿Cómo ha afectado a tu música haberte criado en una aldea?:* Vivir en un lugar bastante remoto me animó a usar mi imaginación desde muy pequeña. Había pocos estímulos exteriores al margen del campo, de manera que tenía que crear mi propio lugar de juegos, mi propio entorno y hacerlo suceder en mi cabeza.

Entrevista a PJ Harvey,
*El pop después del fin del pop,* Pablo Gil,
Ediciones Rockdelux, 2004

El viejo Arkadi desayuna leche con azúcar y vodka en un cuenco, al cual echa también unos trozos de pan y sebo de cerdo para espesar. Agarra el tazón con las 2 manos, y con el rostro metido en ellas, sorbe. Piensa que le hubiera gustado haber tenido algún anillo en los dedos para que hiciera *clinc* al chocar con las cosas; una manera de limitar o dar forma al mundo. Salvo sus sorbos, todo es silencio en la cocina. Pronto los cerdos empezarán a pedir su ración a gritos. A la izquierda de los fogones, junto a un Cristo y unas fotos de sus padres, tiene colgada en la pared la carátula del *Sargent Pepper's Lonely Hearts Club Band*. Le ha puesto un marco que le dio Vartan, es dorado y tiene unos angelotes que miran en todas las direcciones. Son los que vigilan, le había dicho cuando se lo regaló. En esos 15 minutos que tarda el sol en salir, Arkadi suele mirar detenidamente los rostros que se arraciman en la carátula del disco. Le había tachado la cara a Karl Marx, el único a quien conoce, pero después le pegó encima el rostro, sacado de una foto, de su difunta esposa. La mira. Nunca se habían podido pagar el anillo de boda.

El horizonte no existió hasta que una persona se interpuso entre él y el siguiente horizonte; la silueta humana vertical sobre la horizontal definió la primera encrucijada, el elemental cruce de caminos que persiguen el cocinero al tirar las croquetas al aceite hirviendo, 2 hombres de negocios que se estrechan la mano y cierran un trato, el matemático que ensaya un signo igual entre dos ecuaciones. Hasta ese momento el horizonte era atemporal, ingenuo y neutro, por eso los aviones, que carecen de él, cuando vuelan parece que no pesan y van derechos de una nada a otra nada, en un tiempo sin imagen en su correspondiente espacio, por eso las burbujas del agua mineral inauguran su propio horizonte en su ascender vertical hasta que el agua se congela y en estado fósil quedan atrapadas.

La forma en que se conocieron Steve y Polly siempre les pareció a ambos muy peculiar. Ella circulaba por la autopista que une la ciudad de Nueva York con Long Island, cuando la retuvo un atasco; al parecer, un aparatoso accidente. Los coches avanzaban en un continuo parpadeo de acelerones y frenazos, y cuando Polly miró a su derecha observó que había un desguace de chatarra. Allí, un hombre vestido con un abrigo de astracán hasta los pies pegaba saltos encima del capó de un coche; a su lado, una pequeña multitud le escuchaba atentamente. Al día siguiente Polly leyó en las páginas de cocina de *The New York Times* un pequeño artículo en el que se decía que un cocinero llamado Steve Road había elegido un desguace de automóviles para presentar su último libro, *Prontuario de cocina para motor de coche*. Consistía, según el periodista, en una serie de recetas expresamente ideadas para cocinar, como el propio título indicaba, en el motor del coche, útiles para cuando se va de viaje y se quieren comer alimentos de calidad calientes sin tener que andar buscando restaurantes de comida rápida. Los alimentos, siempre allí se decía, una vez bien envueltos en papel aluminio, se colocan en una zona del motor que, según marcas y modelos, se detalla en el libro. Los tiempos de cocinado se cuentan por kilometraje recorrido, y hay hasta 53 recetas elaboradas con ingredientes básicos y fáciles de usar como patatas, zanahorias, pollo, vacuno, huevos [que han de meterse con cáscara], varios tipos de pescados de *corte* como atún y pez espada, y todo con el aliciente de que se cocina sin grasa ni salsas añadidas, resultando de esta manera una comida saludable. Al final del artículo también se decía que el cocinero en cuestión tenía un restaurante de *comida teórica* en la calle Orange, Brooklyn, llamado Steve's Restaurant. Al día siguiente Polly llamó para reservar mesa.

Harold ya ha ascendido por el estado de Florida para entrar en el de Georgia, traspasarlo, llegar al de Alabama, seguir corriendo hacia Kansas, Colorado, Dakota, Montana, y llegar a Canadá. 108.007 km y aún no se ha detenido. Comienza a constituirse en un fenómeno mediático. Los reporteros que quieren entrevistarlo tienen que hacerlo en marcha, porque mientras descansa, por las noches, ni admite preguntas ni quiere ser molestado. Existen muchas especulaciones acerca de cuándo se detendrá. Diferentes gremios se lo rifan: los comentaristas deportivos afirman tenerlo como el más importante *ultramaratón man* de la historia del deporte; los artistas dicen que nada tiene que ver con el deporte y que es el más genial renovador del Land Art; los ecologistas, que ni una cosa ni otra porque en sus pretensiones ni alberga batir marca alguna ni registrar en documento gráfico su carrera, sino que es un canto al desplazamiento no contaminante. Por su parte, la facción ecologista de Al-Qaeda dice ser la legítima representante de Harold en el mundo entero y anda en trámites para comprar sus derechos de imagen ya que este corredor no participa de la tecnofilia occidental, viaja con lo puesto y, sobre todo, en su frenética carrera hay una clara intención de huida de los Estados Unidos de América, origen del Mal por antonomasia. Ahora, tras 3 años corriendo a razón de 40 km diarios, ha llegado a Alaska, donde no le quedará más remedio que dar media vuelta y tirar de nuevo hacia el sur. Desde el coche de una televisión local le preguntan el porqué de tal carrera, y él responde, Cuando me divorcié me quedé hecho polvo, dejé la medicina y me largué a vivir a Miami. A los pocos días de instalarme fui al supermercado y compré una caja de Corn Flakes, la tradicional, y cuando llegué a casa vi que la fecha de caducidad de esa caja era exactamente la del cumpleaños de mi ex esposa. Volví al súper y pedí todas las cajas de Corn Flakes que tuvieran en *stock* con esa fecha de caducidad. Aparecieron al día siguiente con medio camión. Las acumulé en el garaje y llegué a la conclusión de que tendría que comérmelas todas a fin de expiar el fantasma de mi mujer: si me comía todas las cajas que caducaban el día de su nacimiento era como si sólo al terminarlas pudiera darse por finalizada nuestra relación, y sólo así todo apego melancólico y sentimental se esfumaría. Cada vez que masticaba destruía una caricia, un gesto, una agresión, todo: actos que en otro tiempo habían consolidado lazos entre ella y yo. Y me puse a jugar al tenis de videoconsola y a comer sin parar, hasta que un día, tras 3 años y medio, las cajas se terminaron y comprendí que era libre.

2 niños caminan por un territorio que desconocen. Llevan 2 días sin comer ni ver persona alguna. Ascienden una carretera de montaña, muy virada hasta donde les deja ver el círculo de niebla que les rodea. Empapados, pisan nieve. Es mediodía pero apenas hay luz. Buscan un refugio de pastores, una cueva donde guarecerse. A su espalda oyen el rugido de un motor, que precede unos segundos a los faros de un coche. Se detiene a su lado. Es un taxi blanco, un Mercedes, no antiguo pero sí anticuado. Dentro, 2 hombres; el que conduce y otro en el asiento de atrás. El taxista quiere continuar pero el otro, a quien el taxista llama *Señor A,* le obliga a frenar con un gesto de mano. Se apea, Pero ¿qué hacéis aquí, niños? ¿Adónde vais? No lo sabemos, estábamos de excursión y nos perdimos. El hombre, bajo, corpulento, rostro ancho, de aspecto anglosajón, les dice que suban. El taxista, entretanto, ha abierto su puerta, y sentado con las piernas fuera bebe vodka directamente de una botella. El taxi arranca, patina en la nieve. Los niños le preguntan que adónde van. El hombre les cuenta que es director de cine, griego, pero que hace muchos años que vive en América y que ha vuelto a Europa a encontrar una mirada perdida, a buscar 3 cintas de cine muy antiguas, de los también griegos hermanos Manakis, quizá las más antiguas filmaciones europeas que se conocen. Estuve hace poco en Sarajevo, les dice, Pero me di cuenta de que tenía que venir hacia el este, hacia Ucrania, como si fuera el viaje de Ulises, ¿sabéis quién era Ulises? Los niños no abren la boca. El taxista tampoco. Él saca unos caramelos del bolsillo y se los

ofrece; a pesar de estar muertos de hambre, no los aceptan, Es que nos duele mucho el vientre, le dice uno, Sobre todo a mi hermano. El taxista pone la radio. Lo importante de una cámara de cine es que el ojo del que filma no se refleja en el cristal del objetivo que separa los 2 mundos, el que se filma y el filmado. Al contrario que cuando miras un escaparate y te ves en el vidrio reflejado. La piel de un adulto tiene un espesor aproximadamente igual al de una película de 16 mm, la de un niño al de una película de Super 8. El taxista, con una mano en el volante, la otra en la palanca del cambio y la botella sujeta en la entrepierna, pregunta, *Señor A,* ¿a la derecha o a la izquierda? El Señor A no responde. A los niños los encontraron días más tarde, en un camión que iba hacia el oeste, metidos en los tambores de unas lavadoras industriales que viajaban, entre otros destinos, a una isla del Mediterráneo. Después dijeron que estaban tan acostumbrados a los oleoductos que pensaron en esos tambores de lavadoras industriales como en el lugar perfecto para dejarse llevar.

No deben los espejos estar en otra posición que no sea la vertical, no deben reflejar otro mundo que no sea el que se alza elevado en paralelo a las líneas de fuerza gravitatorias. Qué monstruosidad concebiría un espejo en el suelo, horizontal, que reflejara únicamente el vacío del cielo y su ausencia de horizonte, el espejo plano de los nadadores que por el rabillo del ojo sólo ven techos falsos. Pero, aún más, qué monstruosidad concebiría un espejo pegado al techo, copiándonos sin descanso a vista de pájaro, todos convertidos en mapas, en meros croquis andantes que flotan por encima del centro de la Tierra, todos convertidos en luz atrapada, desmineralizada. Pero los espejos ya no importan, a nadie interesan ya las copias, el *morphing* [tratamiento informático de los rostros que distorsiona las facciones sin llegar a desfigurarlas del todo] arrasa. Lo dijo Artaud, «el rostro humano es una fuerza vacía, un espacio de muerte [...], esto significa que el semblante humano no ha hallado aún su cara [...], es cierto que el rostro humano habla y respira desde hace miles de años, pero nos sigue dando la impresión de que aún no ha empezado a decir lo que es y lo que sabe». Así, hasta la fecha, Frankenstein, Tetsuo, Mr. Spock, Mortadelo, Barón Ashler no son más que tímidas emulsiones de lo que vendrá. En ese momento la luz se detendrá en cada uno de nuestros rostros y no hará falta ninguna imagen especular. Unos científicos de Berkeley acaban de anunciar en *Nature* que esa luz ya la han detenido.

Contra todo pronóstico, el mar está en calma, y Antón llega a la escollera cargado con 2 bolsas de Zara, de las grandes, repletas de discos duros unidos cada uno a una piedra mediante un hilo de plástico tipo sedal. Se aproxima al acantilado. La cabeza mondada, la barba y la nariz rota, considerablemente grandes, tapan el sol. Coloca los pies en un punto [desde hace años lo tiene señalado], extiende el brazo en exacto ángulo de 90º con su cuerpo y deja caer verticalmente al mar uno de los discos duros que tiene en la mano, que se sumerge llevado por el peso de la piedra. Y después otro, y otro, y así hasta vaciar las 2 bolsas. Años realizando esta operación. Cada vez que la repite oye el eco del impacto cada vez más cercano y sólido en el fondo de las aguas. Espera que algún día comience a sobresalir levemente del nivel del mar una masa compacta hecha de discos duros, piedras y percebes ultramusculados con la *informatina* transferida a su código genético; una red de líquenes dará solidez a esa nueva naturaleza. Pliega las bolsas y regresa a casa a ver si ya están los 0.2 megas que le faltan por descargar de *El último hombre vivo*. Antes, pasará por el bosque a contemplar cómo evoluciona su hormiguero.

*¿Hay excesiva obsesión con la idea de «novedad»?:* No lo creo. La novedad es lo que hace que el pop avance, lo que tira del pop. Es bueno ser consciente de la historia de la música popular, pero siempre es refrescante escuchar a alguien que llega con algo nuevo.

> Entrevista a David Gedge, líder de The Wedding
> Present y Cinerama, *El pop después del fin del pop,*
> Pablo Gil, Ediciones Rockdelux, 2004

Cualquiera que esté al tanto del mercado de motocicletas sabe que la Vespa 75 cc Primavera constituye un prodigio en lo que se refiere a mecánica, precio y prestaciones. Casco con visera, gafas oscuras, el depósito lleno, en el iPod suena Astrud y Josecho pasa los últimos complejos urbanísticos de la zona sur de Madrid, los bloques de ladrillo de Usera, las manzanas de Orcasitas, y más allá de la M40, devora carreteras de poblados amontonados [de esos que si giras la foto y los ves boca abajo no te das cuenta de que están boca abajo], mientras graba el horizonte en una videocámara fijada al casco con cinta aislante. Acompañando al runrún del motor, van pasando niños que juegan al balón, tendales sin casi ropa, perros atados a una cuerda, pequeños campos de fútbol entre huertas, casetas culminadas con parabólicas, vertederos clandestinos, coches desmantelados con chicos dentro, y entonces para el motor y se baja cuando, ya muy lejos del núcleo urbano, inopinadamente llega a una valla en la que lee sobre la fotografía de su cara, AYUDANDO A LOS ENFERMOS. YA A LA VENTA. Sin quitarse el casco ni las gafas, salta unas estacas unidas con espinos y recorre a pie el escaso trecho que separa la cuneta de la valla publicitaria, sujeta a un armazón de hierro clavado en una tierra en la que crece una plantación de alcachofas, o de algo parecido que no reconoce. Mira alrededor, no detecta presencia animal ni humana, lleva la vista hacia arriba y desde esa perspectiva se ve bastante feo en la foto, pero por primera vez la valla publicitaria le hace sentirse indemne a la soledad. En ese momento en el iPod sonaba «Qué malos son nuestros poetas», canción que le estremeció ya que, estando a punto de irse, observó que a sus pies, oculta entre las plantas, sobresalía no más de un palmo sobre la tierra una placa de hierro oxidada fijada a un adoquín de cemento, en la que leyó la inscripción: *Aquí cayó fusilado el falangista Miguel Redondo Villacastín (1902-1937), poeta e hijo ilustre del poblado de San Jerónimo. Tus amigos no te olvidan. Septiembre, 1976.* Josecho comprueba que, en efecto, de las 6 vigas que sujetan la valla en la que se exhibe su foto, una no es metálica, sino un tronco de roble viejo muy tocado por muescas de bala. Atardecía. Antes de irse volvió a mirar alrededor. No había nadie. Cuando llegó a su azotea en el Windsor, con un bocadillo de Pavofrío entre las manos y una Mahou vio repetidamente el vídeo de lo grabado durante el día, especialmente el tramo de aquella última parada; seguía sin haber nadie. Después se durmió.

Entonces encontraron un cuerpo flotando en el lago, boca arriba, con el ojo derecho, el único que le quedaba, abierto y sin signos de aparente agresión humana. El volumen corporal, debido al agua ingerida, a los agentes químicos en suspensión que abarrotaban el lago y a la diferente fauna y flora que había tomado forma en los intestinos y otros conductos internos del fallecido, se había multiplicado casi por 2; en concreto, 1.87. Se sabe que en una cafetería de New York hay un bar que aún tiene una máquina expendedora de chicles de bola de 4 colores, se sabe que hubo un hombre que dijo que la lista de humanos de la cual se habla en el Apocalipsis eran las Páginas Amarillas de su ciudad, se sabe que por fin ya están sacando vida orgánica de su equivalente inorgánica, se sabe que Ramón Sampedro fingía y que Aviador Dro cantó «ella es de plexiglás y por eso me gusta más», se sabe que vas a la compra y cuando vuelves ya no está tu coche, se sabe que la Cabeza Borradora era puro plástico y que un hombre desde atrás la movía, se sabe que ya han encontrado las armas de destrucción masiva, y que sólo era una, dentro del cuerpo del dictador que flotaba boca arriba, con el ojo derecho, el único que le quedaba, abierto y sin aparentes indicios de agresión humana, se sabe que fue encontrado en el mismo lago de Alaska en el que hace ahora 28 años se halló el cuerpo sin vida de Félix Rodríguez de la Fuente.

Mira, Sandra, ¿te gusta?, y Jota extiende un paquete rectangular sobre la cama. ¿Un regalo?, dice ella. Sí, responde Jota, Hoy hace 6 meses que estamos juntos, ¿no? Sandra lo toma entre sus manos. Desgarra el papel y aparece un pesado volumen titulado *La Biblia en Manga.* ¡Joder! Qué chulo, Jota, ¿qué es? Pues es vuestra Biblia, pero dibujada con estética de cómic japonés, e incluso con insertos de personajes de los cómics Manga, un buen tocho, acaba de publicarse. Sandra pasa al vuelo las viñetas de colores llenas de hombres y mujeres de grandes ojos, y esa noche, para celebrarlo, compra huevas de trucha escandinava y una botella de champán La Viuda de Clicquot, que devoran y beben metidos en la cama mientras se ríen viendo la lucha libre americana en una pequeña tele portátil que ella tiene al fondo, sobre una silla de formica. Después Jota se pone unas bragas rojas por encima del apretado pantalón de su esquijama, un pasamontañas de colores peruano y una toalla atada al cuello por capa, y se tira muchas veces sobre Sandra [que se defiende bastante bien], al grito de ¡Superjota al ataque!, en el cuadrilátero improvisado de la cama. Esa noche hicieron el amor con profundidad, y se durmieron con la tele en marcha. A eso de las 7 de la mañana, a Sandra le despierta el zumbido de la tele y, desvelada, se prepara un café. El cuerpo parecía encogérsele de frío bajo la bata, ve por la ventana de la cocina despuntar el sol tras el tejado de la Tate Modern Gallery, regresa con la taza a la cama y allí, medio sentada y con la almohada entre la espalda y la pared, coge entre sus manos *La Biblia en Manga* que, desplazada por la lucha libre americana, había quedado tirada en el suelo, y pasa las hojas con detenimiento. Encuentra en varias viñetas del Nuevo Testamento lo que, seguro, es el dibujo de su propio rostro: sus gestos más llamativos, incluso su ropa, el bolso de Vuitton, las mismas gafas de sol con el anagrama 212 en la patilla, sus tenis All Star. La representación consistía en una mujer que ayudaba a completar el Vía Crucis a Jesucristo ofreciéndole agua aun a riesgo de que un macarra, claramente sacado de *Akira* 2ª parte, acabara con su vida. Un poco más adelante encuentra a Jota entre una multitud, vestido de romano. Echa un trago al café. Escucha la lenta respiración de Jota a su lado, pone la mano sobre el cuello de él y nota el latir de la arteria principal entrecruzada con las líneas de la mano. Permanece mirando la nieve del televisor un buen rato, hasta que se introduce más adentro en las sábanas; aún huelen a semen. Deja la Biblia en el suelo. Cae profundamente dormida sobre su espalda.

Hace ya un par de meses que Vartan Oskanyan, con las últimas luces del día, más o menos a la hora en que los cerdos están más alborotados y chillan con un sonido que sin vuelta de eco atraviesa la estepa armenia, ve la silueta de un hombre en las inmediaciones del edificio. Suele seguir la misma pauta: ni se acerca ni se aleja, da paseos como en círculos mal hechos, a veces se sienta entre los matorrales y sólo se le ve la cabeza y no hace otra cosa más que estar ahí, quieto, mirando en ocasiones el edificio y otras veces el horizonte. También a la misma hora, sentado, come lo que parece ser un bocadillo e ingiere algún tipo de líquido que Vartan es incapaz de identificar. Siempre lo suficientemente lejos como para no ser más que una mancha que se desplaza, un borrón, una cara de Bélmez sin pared. El viejo Arkadi le ha sugerido a Vartan que quizá sea por su culpa, por haber traído a la explotación ganadera la portada de ese disco con tanta gente medio viva y medio muerta. Charlan durante un buen rato sobre esa hipótesis.

Una mañana, y después otra, y otra y así hasta 15 seguidas, se ve por fin el sol en la ciudad de Ulan Erge. Comienza el deshielo. La gente sale a la calle; los ciclomotores circulan. La ligera pendiente que posee el terreno sobre el que se asienta la ciudad provoca que el agua del deshielo corra hacia una especie de depresión, en la cual hay un sumidero que la conducirá bajo tierra. Aunque desaparezca la nieve, no deja de hacer un frío intenso ni de soplar el viento de la estepa. El hombre mayor pero no anciano, del 6º piso, 4ª escalera, bloque P, no quiere que este año le quiten al edificio la caperuza de tela, dice que afuera no hay nada que ver y que él se queda con su galería de manchas. Nadie en el bloque P comparte esa idea; hay polémica. Es habitual que bastantes ciudadanos, en estos días primeros de deshielo, se acerquen al sumidero y coloquen allí una red para recoger todo lo que permaneció bajo el suelo y ahora es arrastrado; se entiende que una vez termina el invierno ya es otra *era,* y en justa correspondencia lo que reaparece carece de dueño. Encuentran muñecos, bolígrafos de 4 colores, botas, hierros que después se venden al peso, algún vídeo que si hay suerte es porno. El día que los operarios del ayuntamiento retiraron por fin las caperuzas de los edificios, el hombre mayor pero no viejo del 6º piso, 4ª escalera, bloque P pensó que si la gente se diera cuenta de que una de las moléculas de la piedra que lleva en el riñón perteneció quizá al ojo de algún dinosaurio, o de que ese fragmento de cinc que ahora corre por el torrente sanguíneo de su vecino estuvo en la orina de Alejandro Magno, o de que una partícula del suero de la leche que fermenta ahora en sus estómagos la mamó antes un cordero en las montañas del Sahara, no le quitarían ahora a él su galería de huellas humanas.

No es fácil llegar a saber en qué punto hay que abrir un agujero para provocar un flujo de energía y luz que nos atraviese. Aún es más difícil llegar a averiguar, tener la certera intuición de sobre qué objeto material o ente hay que practicar ese agujero que operará el milagro que traiga aire nuevo y, en ocasiones, cambie nuestras vidas. Para algunos consiste en encender la pantalla del ordenador, o en hacer un viaje inesperado, o, como aquel anacoreta que salía en una peli, tirar botellas con mensajes por el váter de tu propia casa, o besar en el lugar y momento exactos, o como hizo Marc, abrir una ventana en la pared posterior de su caseta, justo en el cuadrado en el que se ubicaba un tablero de parchís metálico que había rescatado del desmantelado Club Juvenil del barrio. Allí, vertical en la pared, está el tablero, bien remachado a un trozo de lata de aceite Cepsa y a otro de 250 salchichas Frankfurt. Después de sopesar a conciencia los pros y los contras de practicar justamente ahí el agujero, había llegado a la convicción de que todas aquellas latas de objetos de consumo que conformaban su pared ya eran de por sí ventanas que le conectaban con el complejo mundo de los humanos, porque tras cada marca comercial se desarrolla en cascada toda la vasta y rica genealogía antropológica de las sociedades desarrolladas, pero tras un tablero de parchís no hay más que una cruz de 4 colores, un croquis, algo así como el plano de una simétrica ciudad que a él, es cierto, le atrae por su perfecta soledad al mismo tiempo que le provoca la repulsión propia de quien reconoce en esa gélida soledad el vicio que, seguro, lo destruirá. Así que cogió una sierra y abrió el boquete por el que ahora mira de vez en cuando los coches que bajan la avenida de sentido único que enfila directamente al mar; sabe que ninguno puede ni podrá remontarla. Él tampoco podrá remontar ese agujero.

Saigón, mierda, aún sigo solo en Saigón. A todas horas creo que me voy a despertar de nuevo en la jungla. Cuando estuve en casa durante mi primer permiso, era peor, me despertaba y no había nada, apenas hablé con mi mujer, salvo para decirle «sí» a su petición de divorcio. Cuando estaba aquí quería estar allí, cuando estaba allí no pensaba más que en volver a la jungla. Llevo aquí una semana, esperando una misión, desmoralizado. Cada minuto que paso en este cuarto me hace ser más débil, y cada minuto que pasa, Charlie, como llamamos al Vietcong, se agazapa en la selva, se hace más fuerte. Al mirar a mi alrededor las paredes se estrechan más. Todos consiguen lo que desean, y yo quería una misión, y por mis pecados me dieron una.

*Apocalypse Now,* Francis Ford Coppola

Los días que siguieron a aquella noche en la que Ernesto cruzó el puente de Brooklyn con Kazjana en coche de madera y a la mañana siguiente bajó a comprar pan y café para desayunar e intentó sin éxito bajarle el tirante de la camiseta, y después ella se fue para no verla más, aquellos días siguientes a todos esos acontecimientos, no se pudo quitar de la cabeza que mientras el humo del café subía por aquel soviético rostro, mientras partía rebanadas de pan que literalmente devoraba, le confesó que no era chechena sino alaskeña, y que de pequeña se había perdido con su padre, pescador de altura, mientras faenaban en el estrecho de Bering, para amanecer en la costa de lo que entonces era la Unión Soviética y quedarse allí para siempre. Tampoco se pudo quitar de la cabeza, en aquellos días siguientes, que la había dejado irse sin decir ni preguntar nada al respecto, que dejó que se despidiera con 3 besos, para ver luego desde la ventana cómo el automóvil de madera cruzaba la última catenaria del puente de Brooklyn. Casi inmediatamente había sacado una ración de pescado para descongelar porque ya eran las 12. Entonces pensó que la vida es un anuncio de teletienda al que le han eliminado el producto anunciado. Ése parece ser el paisaje.

Unos tipos fueron a Woolsthorpe, condado de Lincoln-shire, Inglaterra, donde se ubica la casa que fuera de Isaac Newton, y se colaron en su jardín. Allí localizaron el manzano [de la variedad Flower of Kent] del que cayó la manzana, el cual se encuentra vallado y señalizado como el árbol más importante del mundo, y tomaron una pequeña muestra de él. Una vez en los laboratorios BioArt & Co., lo clonaron, y esa réplica exacta está ahora en el Museo de las Ciencias de la ciudad de La Coruña, Galicia, España. Cualquiera que lo observe no puede dejar de preguntarse por qué ése y no otro fue el árbol que hace cientos de años condujo a Newton a hacerse la pregunta «¿por qué esta manzana cae y la Luna no?». Uno toca el tronco con sus manos y no puede dejar de pensar si habrá ahí partículas de sudor de la mano del genio en estado sólido. Los sismógrafos del programa Apolo están revelando que en la Luna hay actividad sísmica, terremotos, temblores que se producen entre 800 y 1.200 km de profundidad, a medio camino de la superficie y el centro de ese satélite. Una profundidad muy superior a la de cualquier terremoto conocido en la Tierra. Parece que en la Luna todo lo extraño e importante ocurre muy cerca de su centro, bajo la piel fría y gris que vemos al telescopio. También cae la manzana y rompe contra el suelo y se desvela un interior en cuyo centro hay un corazón que da cuenta de su procreación, de su clonaje. Lo extraño es que se ha comprobado que esos terremotos no se dan en la cara oculta de la Luna, sino únicamente en la visible.

La videoconsola del '79 conectada a la tele. La pantalla totalmente negra, un punto cuadrado blanco que hace de
bola, 2 líneas blancas verticales que se mueven de arriba
abajo y simulan a cada jugador. Silencio de mediodía, la
gente duerme o se baña, las persianas bajadas, y tras cada
golpe de raqueta se oye un esponjoso *doing*. Después de
haber llegado al mar de Alaska y tener que dar la vuelta
tras 5 años corriendo sin descanso, Harold descendió Canadá, entró en USA con su pantalón de pinzas chino, su
polo rojo y su cazadora tipo aviador, y el estricto azar de
su errática trayectoria aún tardó otros 3 años en llevarlo
de nuevo hasta la puerta de su casa. Nadie había entrado. Ni
el más mínimo saqueo. Ni una carta en el buzón. Todo
intacto. El mar, al fondo, una piel de mercurio, la videoconsola conectada, en la pantalla miles de partidas perdidas. Encargó de nuevo todas las existencias de Corn Flakes con aquella fecha de caducidad porque entendió que
ya no podía vivir sin aquel recuerdo, sin aquella huida, sin
aquel recuerdo, sin aquella huida. Como quien escuchara
el trueno al mismo tiempo que ve su correspondiente relámpago.

*Sin embargo se ha extendido la idea de que tu combinación de estilos es el resultado de un proceso caótico e imprevisible, cuando en realidad en tus discos o conciertos están pensados hasta los errores:* Están organizados, sí, muy pensados. Hay accidentes ocasionales, pero funcionan. Controlar el caos es una buena definición de lo que hago, quizá por el deseo consciente de crear música tridimensional. La mayoría de las grabaciones son muy planas, así que si introduces más elementos en el sonido puedes llevar esa canción pop a un nivel diferente. Y ésa es el área que me atrae, que me excita. Por eso la gente que suele escuchar música pop tradicional puede encontrar mi música caótica o «estropeada», pero fue escrita de ese modo.

Entrevista a Beck,
*El pop después del fin del pop,* Pablo Gil,
Ediciones Rockdelux, 2004

2 meses más tarde de haber leído la reseña en *The New York Times,* una templada noche de abril, Polly ya estaba sentada por primera vez en una mesa de mantel a cuadros, vinagreras y lamparita. El local, abarrotado. Un ruidoso hilo musical sostenía los acordes de George Gershwin. Steve salió de la cocina dando aullidos a través de un megáfono, ¡Muñeco Spiderman hervido en caldo corto de zanahoria y puerro, con su traje decolorado y en pelotas para la rubia solitaria de la mesa 7! Polly se vio ruborizada y bajó la cabeza; no obstante, permaneció en el local, observando, hasta que se hubieron ido todos los clientes. A través del ojo de buey de la puerta veía cómo Steve terminaba de recoger la cocina; con aquel abrigo de astracán le pareció a Polly un perfecto animal para mandar de una patada al horno. Entonces él sale, se sienta en la mesa y le dice, Qué, qué tal. Muy bien, responde Polly, Guardaré muy bien este Spiderman derretido, nunca había visto al superhéroe en pelotas. Él apoya los codos en el mantel, mete un poco la cabeza entre ellos y dice, Chica, estoy rendido, pero qué, ¿cómo te llamas, tomas algo? Pues sí, ginebra con naranja; lo primero que se le ocurrió. Steve se acerca a la barra y regresa con 2 copas. No bebieron más pero hablaron hasta entrada la noche. Ella le contó que era representante de joyería para todo el estado de Nueva York de una importante firma, que estaba soltera y que vivía en la parte alta de Manhattan. A eso de las 4 Steve le dice, Vente, Polly, si me dejas, te cocinaré a ti esta noche. Un astracán gigante y una mujer menuda se fueron agarrados escaleras arriba. El neón de Steve's Restaurant esa noche permaneció encendido.

Malcolm Gladwell comienza su nuevo libro, *Blink: The Power of Thinking Without Thinking,* con la historia de un *kouros,* una estatua de un joven de la antigua Grecia, que llegó al mercado de arte y estuvo a punto de ser adquirida por el Museo Getty de California. Era una obra magníficamente conservada y su precio era de unos 7.6 millones de euros. Tras 14 meses de investigación, el personal de Getty llegó a la conclusión de que la estatua era auténtica y prosiguió con la compra. Pero llevaron a un historiador del arte llamado Federico Zeri a ver la estatua, y nada más verla dictaminó que era falsa. Otro historiador del arte percibió que, aunque tenía la forma de una estatua clásica auténtica, de algún modo carecía de ese espíritu. Un tercero sintió una «repulsión intuitiva» cuando la contempló por primera vez. Se realizaron más investigaciones, y finalmente se resolvió la intriga. La estatua había sido esculpida por falsificadores de Roma a principios de la década de los 80. Los equipos de analistas que investigaron durante 14 meses se equivocaron. Los historiadores que confiaron en sus corazonadas iniciales estaban en lo cierto. Gladwell afirma que en nuestro cerebro se da un proceso subconsciente que mueve grandes cantidades de información y llega a conclusiones con sorprendente rapidez, incluso a los pocos segundos de ver algo.

David Brooks, «Un sabroso alegato en pro de la precisión intuitiva», *The New York Times,* 3-2-2005

Debe de resultar muy extraño ver cómo tu cara se quema en una valla publicitaria al mismo tiempo que también arde la propiamente tuya. Aquella noche de febrero, Josecho, en su caseta del edificio Windsor, tras haber estado trabajando en un nuevo *proyecto transpoético* durante toda la tarde, basado en las cintas de vídeo que grababa cuando salía en Vespa, se encontraba escribiéndole a Marc por primera vez en año y pico, dándole explicaciones del porqué de su silencio, contándole que, en realidad, no quería ser un solitario, sino un tipo normal, cuando comenzó a oler a quemado. Levantó la vista del monitor, vio hilos de humo que se colaban entre la superposición de las uralitas de las paredes y salió de inmediato a la azotea. Corrió entre la multitud de parabólicas y pararrayos hasta llegar al muro que hacía de barandilla. De repente, un haz de llamaradas emergente del último piso le alcanzó la cara. En ese momento, enfrente, una de las gigantescas fotos que por todo Madrid anunciaban su libro también era alcanzada. Vio perfectamente cómo a aquel rostro que le sonreía se le quemaba la montura de las gafas mientras sentía que en su piel se derretía el plástico de las suyas.

Vuelo Londres-Palma de Mallorca. Sandra hojea la revista *British Airways News*. Reportajes de vinos Ribeiro y Rioja, las últimas arquitecturas *high-tech* en Berlín, ventas por correo de perlas Majorica. Sobre unas fotos de playas del Caribe le cae una lágrima, pero no por culpa de las playas, ni del Caribe, ni de la gravitación que le es propia a las lágrimas. Mira por la ventanilla y lleva los ojos al frente; ni nubes ni tierra; constata lo que ya sabía: en los aviones no existe horizonte. Mete la mano en el bolsillo del pantalón y saca las llaves de su apartamento de la calle Churchill, unidas a un llavero con forma de dinosaurio en cuya cabeza titubea también la punta de una brújula. *En el verano de 1993, el paleontólogo estadounidense Michael Novacek dejaba en Nueva York su tranquilo despacho del Museo Americano de Historia Natural para ponerse al frente de una expedición científica por el inhóspito desierto del Gobi, Mongolia, un territorio donde los termómetros pasan de los 45 grados bajo cero a los 50 sobre cero. Este antiguo guitarrista de rock se ríe aún al recordar cómo fue un camión atrapado en la arena del desierto el que les obligó a parar delante de unas colinas. «Fuimos a explorarlas y de pronto el viaje terminó allí.» Acababan de hallar el yacimiento más rico del mundo de dinosaurios y mamíferos del Cretácico, una mina de fósiles extraordinarios de hace 80 millones de años, 15 millones antes de que impactase contra la tierra el asteroide que se cree que exterminó a los dinosaurios. Pregunta: ¿Qué sucedió en la gran extinción del Cretácico? Respuesta: No estamos seguros de lo que pasó exactamente. Sabemos que hubo una devastación que causó la desapari-*

*ción del 70% de todas las especies terrestres y marinas. Y tenemos evidencias de que justo en ese momento un enorme objeto espacial impactó contra la tierra en el Caribe, cerca de la actual costa este de México. El choque provocó una enorme destrucción y cambió la atmósfera muy drásticamente haciéndola muy caliente, lo que literalmente coció a muchos organismos y generó incendios por todo el planeta. Pero no me interesan tanto los dinosaurios como los mamíferos. Los dinosaurios son el pasado, los mamíferos el futuro, pues ocuparon el hueco dejado por ellos tras su extinción.*

Entrevista a Michael Novacek,
*El País*, Clemente Álvarez, 16-03-05

Con el tiempo, el mundo de la joyería dejó paso al restaurante de Steve, que llenó a partir de entonces cada segundo de la vida de Polly. Ella entró a trabajar sirviendo las mesas, hasta entonces coto privado de Steve, ejerciendo de eficaz ayudanta. También llegó lo de la jornada de puertas abiertas, el concurso que ella ideó a imagen y semejanza de los que se dan en las convenciones de joyería artesanal. Otras cosas que acontecieron fueron la llegada al local de cierto sector acomodado de la ciudad, atraído por Polly debido a sus numerosos contactos, y también el día en que Steve concibió la idea de cocinar el horizonte, y el día en que ante el asombro de todos los concursantes y presentes a la 3ª Jornada de Puertas Abiertas, dijo, ¡Venid, voy a cocinar el horizonte! Y los montó en un bus que Polly había alquilado, y se pararon en el aparcadero que hay a la entrada del puente de Brooklyn, y él se puso a caminar por la pasarela del lado izquierdo, y todos en fila le siguieron, hasta que se detuvo a mitad del puente y les dijo, Mirad, mirad el horizonte. El sol, a punto de esconderse, ardía sobre aquella horizontal, quemándola. ¡Ahí lo tenéis!, gritó. Todos observaron en total silencio, extasiados por semejante visión, y al final se puso el sol y aplaudieron y brindaron con vino tinto. Los coches pasaban y miraban. La prensa se hizo eco del evento. En el turno de preguntas, la de *Cooking Today* le dijo, Pero ¿cuál es su secreto? Y él contestó, Mi secreto está en olvidarme de los interiores de las cosas, en cocinar las pieles, sólo pieles; la piel de cualquier objeto, animal, cosa o idea es susceptible de ser cocinada, y eso tiene que ver sólo con la luz, sólo con los lugares donde llega la luz. Podría decirse que mi cocina es el siguiente paso lógico a la difusión de la luz solar en la superficie terrestre, mi cocina es el punto en el que la luz solar provoca mutaciones, se hace total en la superficie de las cosas. Entonces se abotonó el abrigo de astracán y se fue trincando a Polly por la cintura. Esa noche, como tenían por costumbre siempre que querían celebrar algo especial en la intimidad, fueron a aquel desguace en el que Polly por primera vez lo había visto dando saltos sobre el capó de un coche. Solían llevar un poco de comida y se sentaban en unas ruedas o en un asiento trasero que andaba por ahí suelto sin carrocería, abrían unas Pepsi y ella le hablaba del tallado de diamantes y él de las ventajas de los abrigos de astracán sobre los de piel de conejo. A veces, se les acercaba un hombre, alto y corpulento, con unas manos como pulpos, que frecuentaba la chatarrería a esas horas, y al que apodaron Franky, pero no por Frank, sino por Frankenstein, y se sentaba con ellos. Envuelto en un abrigo de *tweed,* les contaba que, en otra época de su vida, había escrito una novela llamada *Rayuela,* pero que la buena era otra secreta, Rayuela B o Teoría de las Bolas Abiertas, como él mismo la denominaba, y ellos le invitaban a comida, Pepsi y cosas así. Esa noche, Steve le dijo a Franky, Oye, por cierto, cojonudo todo eso que me dijiste de que cocino los lugares donde sólo llega la luz, y también lo de la piel, no sabía qué responder a los jodidos periodistas y de repente me acordé. Ah, nada, hombre, contesta Franky, Me alegro de que te haya servido, la idea me la dio un tipo que encontré un día en una estepa de Armenia, un país cercano a Rusia, un tipo que, por cierto, criaba cerdos en un edificio de 8 plantas únicamente con la idea de hacer una alfombra de pieles de cerdo que se extendiera desde la puerta de ese edificio hasta la zona de glaciares de Pakistán, quería así matar 2 pájaros de un tiro: primero, con ese manto de piel preservar la temperatura del planeta, y segundo, evitar ataques de los turco-musulmanes, con la idea de que para éstos el cerdo es intocable y así ni se atreverían a pisar ese territorio cubierto de pieles de estos animales..., pásame el sándwich, Polly. Ella se lo acerca y le pregunta, Y tú ¿qué hacías allí? Y él, masticando un gran pedazo, No, nada, buscaba alguna pared a la que adherirme y me perdí. Deambulé por aquellos páramos varios meses, y entonces un día oí a lo lejos la trompeta de Chet Baker, inconfundible, era la misma grabación que yo tenía cuando vivía en París, se mezclaba en pavorosa armonía con los gruñidos y lamentos de aquellos cerdos. Me quedé y rondé la zona hasta que el gobierno armenio desmanteló todo aquello, Polly, tengo sed, pásame la Pepsi.

Existe la posibilidad de la existencia de un dado de juegos en el cual los agujeros circulares de sus caras dejaran ver un interior vacío. Un dado no sólo hueco, sino también abierto al flujo de luz y de aire que lo traspase a través de esos agujeros de la suerte. La cara en la que hay 6 perforaciones, diríamos entonces, es más permeable a la entrada de variados elementos externos, de vida, que aquella en la que hay, por ejemplo, un 1, pero también más permeable a la destrucción de aquello que hace al dado un objeto mágico: la impredecibilidad de la tirada. Porque en un dado hueco y agujereado todo el azar que incubaba ha sido ya desvelado, y si no lo ha sido, es un azar seco y aburrido; un azar sin fuerza ni materia. Mientras desayuna, un niño lee la nota que aparece escrita en el pesado *brick* de leche que acaba de abrir:

> ¿Piensas que Bell inventó
> el teléfono y se quedó junto al
> aparato esperando a que alguien
> le llamara? No,
> salió a la calle e hizo
> cuanto pudo para vender
> su idea y para que hubiera miles
> de teléfonos como el suyo.
> ¿Eres un joven inventor? ¿Tienes
> alguna idea que creas
> revolucionaria? Ponte
> en contacto con nosotros.
> ¡HAY CIENTOS DE PREMIOS!

Green Milk Company, 161,
William Street, Miami,
Florida, 010001.
XXI Concurso de Jóvenes Inventores.
¡LEE LAS BASES AL DORSO!

Al muchacho le surgen miles de ideas prometedo-
ras que irán palideciendo a medida que pase la semana y el
*brick* de leche se vaya quedando vacío, momento en el que
lo estrujará con el pie para probar suerte en la canasta del
cubo de la basura. También está escrito que los vértices y
aristas de los dados han de ser de contorno suave para que
su rodar, duradero, tienda a infinito.

Cuando el *Señor A* regresó a Norteamérica sin haber encontrado las cintas de cine perdidas de los hermanos Manakis, habiendo incluso llegado en su intento hasta el mismísimo Azerbaiyán, supuso la segura destrucción de éstas en alguna guerra tribal, y volvió a su rutina como director de cine. Un día, en el estudio, ante una taza de café, mientras montaba su última película, ocurrió un accidente: la película se oía perfectamente pero la parte superior de los fotogramas, más o menos 1/3 de cada imagen, estaba cortada. Así, quienes hablaban eran unos actores con cuerpo pero sin rostro, decapitados. Entonces el *Señor A* comprobó que aquello le producía una sensación que nada tenía que ver con el cine, sino con la que se tiene al leer un libro. Aquello ya no era cine sino literatura en estado puro. Entendió entonces que el libro, la lectura del futuro, no era el hipertexto en Internet ni otras derivaciones tecnológicas, sino eso, ver *películas decapitadas*. Entonces el *Señor A* comenzó a cortarle el tercio superior a todas las cosas que encontró. Cogió unas tijeras, buscó todas las fotos que halló en su casa y tras ejecutarles esa amputación del tercio superior se hacían mucho más anchas que altas, de repente eran un horizonte, cobraban una amplitud desconocida hasta entonces, un alma de paisaje. De esta manera, fuera lo que fuera lo allí fotografiado: una calle abarrotada de Sarajevo, una mesa con platos y copas, 2 niños de rostro infalible que había encontrado perdidos en una carretera, los dientes mellados de un taxista borracho griego, una nevera, o la ventana de su sala de estar desde la que se veía el letrero luminoso de un restaurante llamado Steve's

Restaurant, todo, de repente, mutaba en paisaje de un nuevo planeta, con lo que, siguiendo una especie de ascenso vertical que le llevaba ya a pergeñar un nuevo mundo, entendió que esas fotos sesgadas constituían el hábitat natural de la nueva literatura producto de un cine sin cabezas. Con el tiempo entendió que aquellas 3 cintas perdidas de los hermanos Manakis, aquella mirada primigenia que él no había encontrado en tierras balcánicas, hoy por hoy eran eso precisamente, una mirada sin rostro, la decapitación definitiva, y así, las postuló como el exponente más radical de esa nueva literatura. La noche en que enunció semejante certeza se acostó pensando que cada noche es una trampa, algo así como un día nublado en el que la lluvia no se decidiera a caer, incubada ahí arriba, en una especie de troposfera.

Dentro sólo se oye el viento que fuera golpea la alambrada. Los libros están en sus estantes, los ordenadores cargados de programas, los platos de las cocinas limpios y perfectamente apilados, la carne intacta en las salas frigoríficas, los tableros de colores en las vitrinas y las fichas y cubiletes encubando teóricas partidas. También una radio que un obrero dejó encendida, «... el presidente del Gobierno anuncia que en el próximo año se crearán 3.000 kilómetros de autovías con fondos comunitarios. En la crónica internacional, hay que señalar que en la ciudad de Basora, un hombre aún sin identificar, de origen occidental, su mujer irakí y el hijo de ambos, al parecer llamado Mohamed Smith, han muerto ayer en su casa víctimas de un ataque sorpresa del ejército norteamericano circunscrito en el contexto de la respuesta a los últimos ataques perpetrados por suníes suicidas a campamentos americanos. La familia, que se encontraba cenando, se vio sorprendida por un marine que descendiendo a *rapell* llegó hasta la ventana de la vivienda, un 4º piso de una céntrica barriada, y arrojó una granada de moderada potencia en su interior tras romper el cristal. En el ámbito deportivo, el futbolista Zidane se retira de la competición profesional debido a la cadena de lesiones sufridas en los últimos 2 años, y en la Tercera División, el Endesa y el Ponferradina se juegan hoy su pase a la Segunda División B, continúa la mañana en Radio Nacional de España, Radio 5, todo noticias...».

# Epílogo

Chicho llegó a la frontera en El Paso, Texas, en un coche de segunda mano rojo pálido, adquirido días atrás en Cancún, y atendió sin rechistar al gesto que el oficial le hizo con un movimiento de dedos para que orillara el coche a la derecha,

—¿Algo que declarar?

—No, nada, agente.

—A ver, baje del coche y abra el maletero.

En ese momento fue consciente de la película de sudor que descendía por su piel bajo el traje color beige, maleado y sin corbata. 34ºC según el termómetro de la caseta del guarda.

Sabía que lo que más cuenta en estos casos es la cara, los agentes lo saben todo por la cara que pones; el gesto es lo que te arruina o salva.

Tan sólo una bolsa de deporte y una maleta atada con un cinturón de cuero marrón en el que ponía «Recuerdo de México»,

—Vale, puede continuar.

Chicho, 182 cm de altura, complexión atlética, rubio; como Robert Palmer pero con barba. Aproximadamente, 55 años de edad; bien llevados.

Pasa de largo San Diego, un poco más allá de Santa Ana para a repostar y a tomar un agua con gas, y al llegar a Los Ángeles se instala en Palm Beach, en el primer [y último] piso de una casa que ya traía apalabrada. Delante, una serie de avenidas pintadas con líneas amarillas dibuja una extensa cuadrícula entre edificios bajos y chalets hasta la misma rebaba de la playa. Enciende el aire acondicionado. Con la tele como sintonía se da una ducha y, acostumbrado a la profusión de colores con que decoran sus casas los mexicanos, no se extraña de las cortinas verde oliva de la ducha, ni de las piezas de lavabo rosas, ni de la pared de la sala empapelada con geometrías azul pastel; le parecieron pirámides mayas vistas desde el cielo.

Abre la maleta, tira la ropa por ahí, y de un falso fondo extrae un recipiente dentro del cual se apelotonan, en una colección de bolas, gran cantidad de lombrices de unos 10 cm de longitud, casi transparentes; sólo un fino hilillo gris las atraviesa de la boca al ano en lo que se supone que es su primitivo aparato digestivo. Desarma varias macetas que cuelgan del balcón y utiliza esa misma tierra para llenar un frasco de cristal, grande, al que también van a parar, mezcladas con la tierra, las lombrices. Pincha en esa tierra un termómetro, un higrómetro, y lo riega todo con una solución de agua y minerales que prepara en una jarra milimetrada traída a tal efecto. Con cuidado, deja el frasco de cristal en el suelo de la terraza.

Se sirve un agua mineral con gas. Se sienta en el pequeño balcón a mirar las familias que, apiladas en los coches, regresan de la playa y pitan cuando pasan bajo la valla publicitaria, *Nike, Just Do It,* que está en una curva muy cerrada.

Las bermudas le aprietan a la altura de la entrepierna. Cierra los ojos, anochece, se queda en esa posición.

*El camino del samurái se encuentra en la muerte. Se debe meditar sobre la muerte inevitable, cada día, con el cuerpo y la mente en paz. Se debe pensar en ser despedazado por flechas, lanzas y espadas, en ser arrastrado a rugientes olas, en ser arrojado al corazón del fuego, en ser fulminado por un rayo. Y cada día, sin excepción, uno debe considerarse muerto. El samurái nace para morir. La muerte, pues, no es una maldición a evitar, sino el fin natural de toda vida. Es ésta, y no otra, la esencia del camino del samurái.*

Pasadena, inmediaciones de Los Ángeles, Jack trabaja como animador y comentarista en el club de carretera One Way in Love todas las noches menos el lunes, que libra y se va a la caravana que tiene instalada en una pequeña parcela en el desierto de Mojave, adquirida con el dinero heredado tras la muerte de su esposa Carol. Hay que aclarar que lo que adquirió con el dinero de la herencia tras la muerte de su esposa Carol fueron las 2 cosas, la caravana y la parcela. Su trabajo, básicamente, consiste en, cada vez que sale una chica a bailar, anunciarla por megafonía, y una vez que ella entra en pista adornar sus movimientos con comentarios escuetos y sintéticos que magnifiquen las radiaciones eróticas que ya de por sí emite la bailarina. Una noche, en el camerino, después del espectáculo, Carol le había dicho mientras se ponía el sujetador, Si algún día me muero, prométeme que con el dinero que te deje comprarás una casa de madera en Palm Beach, junto a la playa, y que no guardarás mis cenizas, sino que las tirarás al mar. Y Jack le dijo, Claro que sí, Carol. Eso haré.

*Es malo que una cosa tenga dos significados. No se debe bus-*
*car nada más en el camino del samurái. Lo mismo puede de-*
*cirse de cualquier otro camino. Si se comprende que esto es*
*así, se pueden conocer todos los caminos, y ser más consecuen-*
*te con el propio.*

Lo primero que hizo Chicho a la mañana siguiente de llegar a Palm Beach fue ir a comprar una calculadora. En vez de ver la tele, escuchar la radio, o leer las páginas deportivas, él tenía esa manía: calcularlo todo. Por ejemplo, dado que usa una talla 43 de pie, determinar qué cantidad de superficie terrestre ha pisado ese día, u otro día, o en toda su vida. O cuántas monedas de 5 centavos hacen falta para recubrir un cuerpo totalmente con ellas, y cosas de ese estilo. Eligió una Texas Instruments, un cacharro voluminoso y muy fiable, con los dígitos en tipografía primitiva, como a él le gustaban. Fue después, y sólo después, cuando, a pie, se encaminó hacia la tienda de Benny Harper a comprar el revólver; si la memoria no le fallaba estaba en la esquina de la 87 con Easy Road. Cuando llegó, lo que encontró fue una agencia de viajes, y pensó, Bueno, ya que estoy..., y entró y compró 2 billetes de avión para Milán, Italia. Antes de irse, la dependienta le dijo,

—¿Sabe a quién se me parece usted?

Y él,

—¡Sí, sí, ya lo sé! ¡A Robert Palmer!

Se aflojó el nudo de la corbata, y cerró con suavidad la puerta antes de irse.

*Entre las máximas escritas en el muro de Naoshige hay una que dice, «los asuntos serios deben tratarse con ligereza». El maestro Ittei comentó, «los asuntos leves deben tratarse con mayor seriedad».*

Carol y Jack se habían conocido en el One Way in Love, cuando ella entró a trabajar para fregar copas. Dado que estaba realmente buena, y a pesar de un vicio en los ojos que le daba un aspecto tristón, pronto se decidió que sería una buena candidata a *stripper*. Una mañana, ante el dueño y su mujer, y con Jack como tercer miembro del jurado, bailó con el pecho desnudo la «Simply irresistible» de Robert Palmer; pasó la prueba con nota. Esa misma mañana ya se fueron ambos, Carol y Jack, a comer juntos, y terminaron en la casa de ella entre sábanas estampadas con dibujos de la pantera rosa. Fue allí donde ella le confesó que su mayor ilusión sería ser modelo,

—¿De pasarela? —preguntó él.

Y ella, mirando al techo,

—No, hombre, ¿estás loco? Eso no lo ve nadie. De Teletienda.

Ese día cogieron el coche e hicieron millas tierra adentro hasta que llegaron al desierto de Mojave. La carretera terminaba en un embalse que, orillándolo por una pista alunarada por vestigios de asfalto, conducía a un acueducto semivacío: un socavón de cemento bastante hondo, pero con las paredes tan inclinadamente suaves que casi se podían bajar andando hasta la superficie del agua que corría allí abajo y no levantaba más de 2 palmos de profundidad. Más allá del acueducto comenzaba propiamente el desierto. Vieron un cartel en el que se anunciaban parcelas en venta, y Jack pensó, Qué chulo sería poder vivir aquí; y ella, Con este tipo me gustaría tener un hijo.

El sol acaba de ponerse en el Pacífico, Chicho sale a la terraza, se sirve un agua mineral con gas y se sienta en la tumbona a ver la gente que regresa de la playa y pita bajo el letrero *Nike, Just Do It*. Observa cómo las lombrices dentro del frasco de vidrio que tiene en el suelo comienzan a moverse con su típica lentitud de noche de verano. Se desabrocha la camisa y echa un trago; vibra el móvil en el bolsillo,

—Hola, cariño, ¿cómo estás?

—Muy bien, llegué bien, en la frontera ni se enteraron.

—Bueno, ya sabes, no te derrumbes.

—Sí, querida, no temas. ¿Sabes una cosa? Esto está casi igual que siempre. Hoy pasé por aquellos grandes almacenes a los que íbamos con María, ¿te acuerdas?

—Claro. Se volvía loca con tanto juguete. ¿Te acuerdas cuando le compraste aquellos prismáticos?

—Ah, sí, qué bueno, que enfocaba con ellos a la tele para, decía, descubrir más cosas en la pantalla.

—Sí, y si salía algún bosque te decía, Papá, ven, ven a la tele, a ver si con los prismáticos vemos algún oso entre la maleza.

—Pues ahí continúan esos almacenes.

—Bueno, venga, que la llamada a esta hora es muy cara. Ve con cuidado, ¿eh?

—Sí, descuida. Ya te llamaré para contarte cómo va todo. Un beso. Te quiero.

—Yo también.

*Es bueno llevar algo de maquillaje en la manga. Puede ocurrir que después de haber bebido, o al despertar, la tez del samurái sea pobre. En esos momentos es bueno sacar el maquillaje y aplicárselo.*

Jack entra en la caravana. Es metálica, de color aluminio y contornos redondeados. La compró porque le recordaba a Carol, también fuerte y suave. Abre las pequeñas escotillas y deja la puerta abierta, así penetra un neto haz de luz que le hace compañía mientras se sienta en la zona en penumbra. Al lado de la cama plegable tiene un trozo del decorado de *Corazonada,* la película de Coppola, que pilló en una subasta en Palo Alto, un pedazo de cartón piedra bastante roto en el que está un automóvil de los 70 y un horizonte desértico en tonos pastel sobre el que hay un cisne gigante, una rueda rota de bicicleta y una fuente de neón de la que nunca para de salir agua. Traía los cables pelados pero consiguió arreglarla. Ahora enciende la radio, limpia un poco la cocinilla, ordena, lee un rato *Moby Dick,* el único libro que tiene. Después, cuando el sol declina, sale a sentarse fuera. Suele pensar entonces que cuando Carol desapareció del planeta Tierra, alguien bondadoso de ahí arriba tendría que estar calculando que justo en ese momento la cantidad de bien dispendiado por ella en esta vida era igual en cifra a la cantidad de mal que también había infligido a sus semejantes, y que el sentido de la vida consiste en eso, en arrojar al final un saldo igual a cero. Otras veces, también por la noche, enciende la fuente de neón de la que nunca para de salir agua y se sienta fuera a ver el resplandor. Después, suele quedarse dormido con un güisqui en la mano.

*Es bueno ver el mundo como si fuera un sueño. Si tienes una pesadilla, te despiertas y te dices que sólo ha sido un sueño. Dicen que el mundo en el que vivimos no es muy distinto a esto.*

Al quinto día de llegar a Palm Beach, Chicho extrajo del frasco un trozo de tierra, separó una pelota de lombrices, que pesó en una pequeña báscula de platillos, y la metió en una bolsa con tierra húmeda. Cerró el conjunto y lo introdujo en un maletín, por lo demás vacío.

El coche tiraba de maravilla, y no paró hasta llegar al letrero que anunciaba la entrada a la ciudad de Pasadena. Existía allí por aquel entonces una burger caravana con mesas y sombrillas, donde tomó asiento y pidió un agua con gas bien fría y un mapa callejero de la ciudad. Se aflojó el nudo de la corbata. Hacía años que no pisaba Pasadena, pero no tardó en encontrar en el mapa la nueva dirección de Daniel The Boy, su contacto.

Entrabas por una planta baja de una casa del barrio alto, detrás había una especie de antiguo jardín degenerado en huerto, y llegabas a una construcción pequeña en la que se hallaba un tipo que te dejaba pasar sí o no, según viera.

—Soy Chicho de Cancún, he quedado con el Sr. The Boy.

Y Chicho accede a una estancia sin otra ventilación que la propia puerta. No ve a nadie. De detrás de una mesa emerge Daniel The Boy,

—¡Hombre, Chicho, años sin verte! Perdona un momento, es que he perdido el pin —y se agacha de nuevo unos segundos—. Aquí está, ¿te gusta? —dice mientras se lo prende en la solapa.

—Sí, está muy bien, es Pixie, ¿no?

—No, joder, es Dixie.

—¡Ah!

—Me lo regaló mi nieta en mi cumpleaños. Es una niña muy buena, y guapa como mi hija, ahora ya tiene todos los dientes, ya puede morder, como su abuelo —y se echa a reír—. Bueno, vamos a lo nuestro, qué me traes.

—Unos 20 gramos, más o menos.

—En este negocio no hay «más o menos», Chicho, ¿es que ya lo has olvidado?

Abre el maletín y coge la bolsa. The Boy se pone las gafas de aumento, guantes de látex, la observa y dice,

—¿Son auténticas?

—Claro, Sr. The Boy. Primera calidad.

—Mmmm, a ver —abre la bolsa con cuidado, extrae una lombriz con unas pinzas que saca del bolsillo interior de la chaqueta y la pesa en una báscula digital—, es para luego, si me convence, sumarla al peso total —le aclara.

La huele pasándosela por delante de las fosas nasales con un movimiento circular, se la mete en la boca, paladea, le da vueltas, la lleva hasta el final de la lengua, la devuelve a la punta de los dientes, la hace girar de nuevo y finalmente la escupe en un tambor de detergente vacío situado en un lado de la mesa.

—Correcto, Chicho. Es muy buena. Pon ahí, que las pesamos todas, a 52 dólares el gramo. Últimamente la cosa no anda bien, han mezclado razas, y los laboratorios se quejan de que el estómago de estas nuevas razas cada vez es menos útil para fabricar los cosméticos.

—Cuando veo ese estómago finísimo, Sr. The Boy, que apenas se ve, no entiendo cómo pueden llegar a dirimir si es apto o no apto.

—Cosas de expertos, Chicho, ni a ti ni a mí nos importa eso.

—Eso es, Sr. The Boy, cosas de expertos.

*La definición, en pocas palabras, de la condición de samurái es dedicarse ante todo y en cuerpo y alma al maestro. No olvidar a su maestro es lo más importante en un siervo.*

Aún hoy, hay noches en las que, cuando se echa la verja en el One Way in Love y todos se han ido, sin ya luces de colores, Jack se queda a beber un trago, y pone la «Simply irresistible», y sale a la pista con el micro, Caballeros, un aplauso para nuestra dulce Carol, la más perversa de todas las chicas de la Costa Oeste, así se contonea nuestra nena, excitante como fuego sobre hielo, vean, caballeros, mis chicos malos, imaginen lo que puede llegar a hacerles nuestra pequeña Carol... Y bebe durante horas. De camino a casa, va pensando en lo orgullosa que estaría ella si ahora viera cómo ha mejorado.

La tienda, muy céntrica, estaba vacía.

—¿No me recuerdas, Harper?

—Lo siento, pero no.

—Soy Chicho, el Mexicano. 1968, 1ª División de Caballería.

Benny Harper cierra los ojos, en actitud pensativa,

—Chicho..., Chicho..., espera, ya caigo... ¡Ah, sí, el Mexicano! —y se abrazan—. Cuánto tiempo, cómo tú otra vez por aquí.

—Pues mira, quiero un revólver; mejor corto.

—Pero ¿no habías dejado los trabajos?

—Sí, sí, ahora me gano la vida con lo de las lombrices, allí en Cancún.

—Joder, quién lo iba a decir, Chicho el Mexicano, el Robert Palmer de la jungla. Cuánto tiempo, joder, cuánto tiempo. Qué alegría. Mira, voy a cerrar dentro de 10 minutos y tengo que hacer un par de llamadas, si quieres espérame en la cervecería de ahí enfrente, y me cuentas. Ya te llevo yo el revólver.

*Con seguridad no hay nada más que el objetivo del tiempo presente. La vida del hombre es una sucesión de momentos tras momentos. Si comprendes el momento presente no tendrás nada más que hacer, ni nada más que perseguir.*

Lunes por la tarde, Jack barre la tierra en torno a la caravana, formándose así un círculo que incrementa la sensación de territorio propio. Se mira, deformado, en la chapa aluminizada; barba emergente, los ojos caídos, Como los de Carol, se dice, un pantalón de tergal, unas Adidas Saigón de 2ª mano. Se mete dentro y enciende la radio. Habla un hombre que asegura tener más de 1.000 tatuajes en el cuerpo, y Jack se dice, Uff, qué asco. Cuando el sol ya no pega fuerte suele poner una silla en el borde del acueducto, y tira el sedal a los 2 palmos de agua. Ve pasar a los peces, grandes y gordos, que no prestan atención al cebo. Al final suele sacar 1 o 2, que luego hace a la plancha fuera, en la barbacoa, pero siempre dentro del círculo marcado. Mientras los fríe piensa en una historia que leyó hace tiempo en el *Reader's Digest:* si a una persona le dicen que detrás de las 5 puertas que tiene ante sí hay un *tigre sorpresa,* y que ha de adivinar detrás de cuál de ellas está ese tigre, entonces sabrá que detrás de la última no podrá estar, porque una vez llegado hasta esa puerta sin haber encontrado al tigre, ya sabría seguro que estaría detrás, y en ese caso ya no sería un *tigre sorpresa,* así que la última puerta está descartada. Y tampoco estará detrás de la penúltima, porque sabiendo ya que en la última no puede estar, entonces sabría, con toda seguridad, que ha de estar en la penúltima, y en ese caso tampoco sería ya un *tigre sorpresa,* así que en la penúltima, descartado. Pero en la antepenúltima tampoco, porque sabiendo que no puede estar ni en la última ni en la penúltima, entonces tendría que estar justo ahí, en la antepenúltima, y entonces ya tampoco sería sorpresa, y así va descartando todas hasta que se da cuenta de que el tigre no puede estar en ninguna, y que precisamente era ésa la *sorpresa,* y para demostrarlo va abriendo las puertas una por una hasta que en una de ellas, da lo mismo cuál, el tigre le salta al cuello y lo mata, y Jack piensa que eso mismo pasa en la vida con lo que se planea y lo que en efecto al final ocurre. No es que la teoría y la vida estén mal, es que no tienen nada que ver, como tampoco tienen nada que ver los pensamientos del pez que baja aleteando con los del cabrón que tira el anzuelo y arriba espera.

Pide un agua con gas. A los 10 minutos aparece Harper, que se decide por una cerveza.

—No, verás, Harper, ¿te acuerdas de mi hija? ·
—Sí, María, ¿no?
—Eso es. Pues poco antes de irnos mi mujer y yo a México, ella se fue de casa, tenía 18 recién cumplidos. No dio más señales de vida. Un día nos llegó una llamada desde aquí, Los Ángeles, era un hombre diciendo que María estaba bien, que no nos preocupáramos y que ella sólo quería que lo supiéramos. Pero Lucía, ya sabes, mi mujer —Harper le interrumpe,
—Pero ¿no se llamaba Shandy?
—No, ésa era mi primera mujer. Me divorcié.
—Ah, sí, cuando te dieron aquel permiso de un mes y te viniste. Ya me acuerdo.
—Eso es, eso es. A María, mi hija, la tuve con mi segunda mujer, Lucía.
—Ah. Vale. Hace tanto tiempo que me confundo.
—Bueno, pues como te decía, mi segunda mujer, Lucía, y yo estamos seguros de que pasa algo. Es imposible que María nos pueda hacer esto a nosotros, dejarnos así. Estamos seguros de que algún cabrón la tiene por ahí haciendo de puta, o medio raptada.
—O en alguna mafia, que ahora hay a montones, Chicho, y las chicas mexicanas están muy solicitadas.
—Pues eso. He venido a buscarla y a pegarle 2 tiros al cabrón que nos la tiene. Como lo oyes. Lo de los 2 tiros, claro está, no lo sabe Lucía.

188

—Joder, vas a necesitar suerte, ¿tienes dinero? Te puedo prestar.

—Qué va, gracias. He traído bastantes lombrices. Suficientes como para tirar 5 o 6 meses.

—Vale. Por cierto. Aquí tienes el revólver. Bonito, ¿eh?

—Una maravilla.

*Según lo dicho por un anciano, matar a un enemigo en el campo de batalla es como un halcón que mata a un pájaro. Aunque haya una bandada de 1.000 pájaros, no presta atención a ninguno que no sea aquel que ha señalado.*

En el One Way in Love están recogiendo, las chicas ya se han ido a sus casas, Jack le pide a Donna, la mujer del jefe, que le ponga un güisqui, ella responde que le acompaña en el trago, pero que rápido, que hay que cerrar. Ella coge los 2 vasos vacíos del escurridor, se los pone en los ojos como si fueran 2 catalejos, y Jack sonríe y le dice que ésa era una de las bromas que más le hacía Carol, mirar con 2 vasos como si fueran prismáticos. Donna, sin inmutarse, traga de penalti y le dice,

—¿Sabes cuál es la gran y única putada de la vida, Jack? ¿Lo sabes?

Jack dice no con la cabeza.

—Pues que los que se van no vuelven.

—¿Eh?

—Sí, no vuelven para contar qué hay allí, cómo se vive, si allí hay más güisqui que cerveza o viceversa, si hay luz natural o por el contrario bombillas, si allí fueron los *japos* quienes ganaron la 2ª Guerra Mundial y no nosotros, y todo eso.

—Sí, sí, está claro, Donna. Ésa es la putada. Ni que hablar.

Bajan la persiana metálica,

—Bueno, Jack, hasta el martes; ¿qué haces mañana?

—Me voy hoy a la caravana, así mañana aprovecho allí el día.

—Vale, buena pesca.

Él tira hacia la izquierda; ella a la derecha.

*Cuando se ha decidido matar a alguien, aunque resulte difícil lograrlo yendo directamente al grano, no se debe pensar en conseguirlo dando rodeos. El camino del samurái es el camino de la inmediatez, y lo mejor es ir directo a por lo que quieres.*

Cansado de preguntar en todos los tugurios de Palm Beach, la segunda ocasión en que Chicho acudió a Pasadena fue a ver a Daniel The Boy para, dadas sus influencias y conocimiento en negocios de todo tipo, pedirle ayuda para dar con su hija. Se lo encontró buceando debajo de la mesa.

—Un momento, Chicho, estoy buscando el jodido pin, que se me ha caído.

Emergió con él en la mano,

—¿Puedes ponérmelo tú en la solapa, a ver si tienes más maña que yo?

En la cercanía, Chicho percibió el olor a tierra húmeda en torno al cuello, y el aliento ácido que despiden los intestinos de lombriz paladeados. Hasta que Dixie no estuvo bien prendido en el ojal, no dejaron de sudarle las manos.

—Vale. Gracias. Bueno, qué, ¿más lombrices?

—No, Sr. The Boy, vengo por otra cosa —y fue directo al asunto.

La conversación terminó con únicamente una declaración de buenas intenciones por parte de The Boy, que remató,

—No te ofendas amigo, pero con las muchachas mexicanas nunca se sabe.

*Hay algo que se puede aprender de una tormenta. Al encontrarte con un chaparrón repentino, intentas no mojarte y te pones a correr. Aunque corras por debajo de las cornisas de las casas, sigues mojándote. Si lo tienes claro desde el principio no habrá sorpresas, aunque te mojarás igual. Este concepto se puede aplicar a todas las cosas.*

Jack riega las flores del tarro de cenizas de Carol, que preside la mesa sobre un microondas General Electric ahora estropeado, frente al decorado roto de *Corazonada,* y sale de la caravana. Tira el anzuelo al acueducto; se sienta. Más allá del embalse se extiende, intuida, una cadena montañosa. Recuerda que en una ocasión que pasaban en coche cerca de una montaña, camino de Reno para unirse en matrimonio, Carol le dijo,

—Cuál es tu imagen extraña preferida.

Él lo pensó un poco,

—No sé, quizá una carretera que se pierde monte arriba en la niebla mientras abajo hace sol. ¿Y para ti?

—Entras en un portal vacío, un ascensor baja, pero dentro tampoco hay nadie.

—No está mal —dice él—, anda, pásame un cigarro.

*En palabras de los antiguos, uno debería tomar sus decisiones en el espacio de 7 inspiraciones. Es una cuestión de determinación, y de tener el espíritu adiestrado para llegar directamente al otro lado.*

Una vez finalizada la entrevista con The Boy, antes de regresar a Palm Beach, Chicho decidió dar una vuelta por Pasadena, observar su transformación tras tantos años de ausencia. Pasó el día comprando ropa en las tiendas a pie de calle, comiendo helados y recordando su antigua vida allí como en postales, hasta que por la tarde echó a rodar hacia las afueras de la ciudad y continuó hasta llegar a un embalse. Apagó el motor, miró el leve rizado de las aguas por la acción del viento. Se bajó del coche. Comenzó a andar por una pista que bordeaba un acueducto casi tan seco como su garganta, que sintió forrada de polvo, hasta que se detuvo al ver a lo lejos brillar un objeto plateado, Joder, se dijo, El monolito de 2001. Y se acercó hasta lo que resultó ser una caravana. Estaba totalmente cerrada; fuera, sólo una parrilla de barbacoa y unos restos de pescado rebozados en tierra. Entonces se abrió la puerta y apareció un hombre con un ejemplar de *Moby Dick* en la mano,

—Esto es propiedad privada. Qué se le ofrece.

—Ah, lo siento, como no está señalado...

—Pues sí, y el radio de los 4.27 m que rodean a mi caravana también son míos.

—Bueno, ya me voy, amigo, sólo paseaba —dijo Chicho mientras rotaba sobre sus pies para irse.

—En breve voy a preparar la cena, ¿quiere quedarse?

—¿Me toma el pelo? ¿No me estaba echando?

—No pasa mucha gente por aquí, ¿sabe? Y parece de fiar. Pero en fin, como quiera.

—Gracias, pero no, hoy ya es tarde, aunque, bueno, si me da un vaso de agua..., tengo la garganta llena de polvo.

—Claro —dijo el hombre mientras extendía la mano con firmeza para estrecharla—, Jack, me llamo Jack.

—Yo Chicho.

Sacó una jarra de agua fría, y Chicho se sentó en una silla de tijera apoyando la espalda contra la chapa de la caravana. Aún estaba caliente. Jack, de pie a su lado, observó en la cintura de Chicho el asomo de la culata de un revólver bajo la chaqueta del traje y dijo,

—¿Y qué le ha traído hasta el desierto?

—No, nada, fui a Pasadena, de compras, y jamás había venido hasta aquí.

—Está muy bien esta zona.

—Sí, sí lo está. ¿Me da más agua? No tendrá con gas, ¿no?

—Pues sí. Está de suerte, andan por ahí unas cuantas botellas, eran de Carol.

—¿Su hija?

—No, no, mi difunta esposa.

—Vaya, lo siento. Yo ando buscando a mi hija, y no la encuentro. Es como si también estuviera difunta. No sabe lo doloroso que es perder a una hija. Y lo jodido es que seguro que la tiene por ahí algún chulo de putas. Si lo agarro lo mato.

—Se lo tendría merecido; mucho cabrón suelto en Pasadena.

Jack entra en la caravana, Chicho oye que rebusca.

—Ah, mire, aquí hay una botella, por suerte el agua no caduca.

Sale y le da el abrechapas. Se sienta a su lado. Ambos miran el acueducto; más al fondo, el embalse.

—Mi hija, María, se parecía mucho a mí. Le gustaba calcularlo todo. ¿Sabe, Jack, cuál es el hormiguero conocido más grande del mundo?

—Ni idea.

—Uno que parte del mismo centro de Milán, en Italia, y llega hasta la costa atlántica de España, a un pueblucho llamado Corcubión. Si tiras una piedra en uno de los extremos, el calambrazo se transmite hasta el otro en pocos segundos. Es un hormiguero famoso entre los calculistas. Mi María estaba fascinada con él, el último día que la vi le había prometido que la llevaría a Milán, a ver el origen de esa maravilla. Mire, no miento, precisamente el otro día compré los billetes a fecha abierta, por si la encuentro —y extrae los cartones, muy maleados, del bolsillo interior del traje, y se los pasa.

Jack observa detenidamente esos destinos entre sus dedos sucios de cebo de pesca y dice en voz baja,

—Buff, joder, qué bueno, qué bueno es viajar. Yo nunca he salido de California.

—¿No?

—Bueno, sólo una vez que fui a Reno, con Carol, a casarnos, solos, sólo nosotros. Fue una bendición encontrar a Carol. Tenía que ver cómo bailaba, una serpiente, pero en dulce, sí, fue una bendición encontrarla.

—Sí, hay mujeres que lo vuelven loco a uno.

—Es que trabajaba conmigo, en el local de *striptease,* en la ciudad. Yo animo la sesión por megafonía, ya sabe. Después nos íbamos a su piso, en la 45 con la 7ª, y poníamos la tele, y tomábamos cervezas mientras veíamos los anuncios de Teletienda y ella los imitaba francamente bien, y si había anuncios de coches o de colonias y salía algún paisaje montañoso, cogía unos prismáticos que guardaba desde que era pequeña, un regalo de su padre, enfocaba a la pantalla y me decía, «venga, Jack, a ver si vemos algún oso entre esos árboles», era una bromista tremenda. Éramos felices, así es, muy felices, y el puto cáncer en 2 meses se la llevó. Mire, ahí dentro están sus cenizas, siempre con flores —y señaló con el dedo el microondas.

Tras un breve silencio en el que a Chicho se le humedecieron los ojos, dijo,

—Gracias por el agua —se levantó.

Ya era de noche. Jack, sentado, vio desdibujarse el traje de Chicho hasta que desapareció muy pronto.

Antes de subir al coche, a ciegas tiró con fuerza el revólver al embalse, que apenas movió la piel del agua. Saigón, mierda, aún sigo solo en Saigón. A todas horas creo que me voy a despertar de nuevo en la jungla. Cuando estuve en casa durante mi primer permiso, era peor, me despertaba y no había nada, apenas hablé con mi mujer, salvo para decirle «sí» a su petición de divorcio. Cuando estaba aquí quería estar allí, cuando estaba allí no pensaba más que en volver a la jungla. Llevo aquí una semana, esperando una misión, desmoralizado. Cada minuto que paso en este cuarto me hace ser más débil, y cada minuto que pasa, Charlie, como llamamos al Vietcong, se agazapa en la selva, se hace más fuerte. Al mirar a mi alrededor las paredes se estrechan más. Todos consiguen lo que desean, y yo quería una misión, y por mis pecados me dieron una. Era una misión para elegidos, y cuando se acabara, nunca más querría otra.

¡A ver, Jota, di algo para acabar! Pues no se me ocurre nada... Di lo que tú quieras... ¡Ah sí!, parafraseando a Woody Allen en el final de *Annie Hall:* ya saben, en el arte siempre estamos procurando que las cosas salgan perfectas, porque en la vida real es muy difícil. Sin embargo, volví a ver a Sandra. Ocurrió en la parte alta de Londres, vivía con un tipo cerca de la Tate, y cuando me la encontré, para colmo, lo estaba arrastrando a ver *Viaje a Italia,* de Rossellini, así que lo consideré como un triunfo personal. Sandra y yo almorzamos juntos unos días más tarde, y recordamos los viejos tiempos, cuando le compré la corbata de Colgate, y lo baja que me había parecido el día que me habló por primera vez mientras yo pintaba chicles, o el día en que nos liamos bajo la panza de T-Rex, y cuando le contaba mis triunfos soviéticos al parchís y ella me miraba con ojos crédulos, y aquella vez que yo dibujé un cuadro sobre el empapelado de la pared de su habitación, y a ella le gustó tanto que cuando se fue lo arrancó entero y se lo llevó, y la cogorza que nos cogimos con aquel viejo gaucho loco que vivía en aquella azotea y nos hablaba de las Bolas Abiertas, o cuando veíamos la lucha libre americana entre las sábanas, en su tele portátil, y yo me vestía de superhéroe y me tiraba sobre ella. En fin, después se nos hizo tarde. Los 2 teníamos que irnos, pero fue magnífico ver de nuevo a Sandra. Comprendí que era una persona estupenda, y lo agradable que había sido conocerla. Y me acordé de aquel viejo chiste, ya saben, el del tipo que va al psiquiatra y le dice, «doctor, mi hermano se ha vuelto loco, se cree una gallina». Y el médico contesta, «bueno,

¿y por qué no hace que lo encierren?». Y el tipo le replica, «lo haría, pero es que necesito los huevos». Y, en fin, creo que eso expresa muy bien lo que pienso sobre las relaciones personales, ¿saben? Son completamente irracionales, disparatadas, absurdas, pero las seguimos manteniendo porque la mayoría de nosotros necesitamos los huevos.

¿Hemos terminado? ¿Puedo irme?

## ACLARACIONES Y CRÉDITOS

*Nota 1:* En julio de 2007, un amigo y lector de confianza, David Torres, me hizo la siguiente observación vía e-mail, que copio y pego:

--- David Torres Ruiz escribió:
--------------------------------------
Hola Agustín. Regresé de Cuba y me he puesto a leer esta misma tarde tu Nocilla. Hay algo grave, que no sé si has hecho a propósito: el personaje que cuelga fórmulas con pinzas de la ropa. En la novela de Bolaño, 2666, en la segunda parte, un tipo cuelga libros de matemáticas de las cuerdas de tender la ropa para que se aireen las ideas. Tu personaje emplea términos casi idénticos. Me imagino que no has leído el libro pero es una de esas coincidencias que joden o, como diría Borges, que forman un orden secreto.

Un abrazo
David
--------------------------------------
Éxitos, grandes clásicos y novedades. Un millón de cancio nes en MSN Music.

En efecto, ante mi sorpresa, yo no había leído ese libro, cosa que aclaro para constatar que al final todos volvemos, queramos o no, a las tramas ocultas de una literatura que nos sobrepasa.

Las obras Torre para Suicidas y el Museo de la Ruina son originales del artista Isidoro Valcárcel Medina. Están extraídas de la revista de arquitectura *Fisuras,* nº 8, Madrid, 2000.

Con posterioridad a 2005 se introdujo la historia de Henry J. Darger, basada en el artículo «Niñas a la carrera», de Ana Serrano Pareja, publicado en *Quimera,* nº 276, Barcelona, noviembre de 2006.

La referencia al *morphing* está inspirada en el texto *Monstruos, fantasmas y alienígenas: poéticas de la representación en la cibersociedad,* de José Ramón Alcalá, Fundación Telefónica, Madrid, 2004.

Los insertos de la novela *Rayuela,* de Julio Cortázar, están extraídos de la edición de Ediciones Alfaguara, Madrid, 1984.

Los preceptos del samurái están extraídos del largometraje *Ghost Dog,* dirigido por Jim Jarmusch, 1999.

Las diferentes definiciones topológicas de las *bolas* están tomadas del texto técnico *Análisis matemático* (Tom M. Apostol, editorial Reverté, Barcelona, 1976-2002), ligeramente modificadas en sus comentarios.

El resto de referencias están de forma explícita en el texto.


*Nocilla Experience* fue escrito en Palma de Mallorca entre los meses de diciembre de 2004 y marzo de 2005.
*Nocilla Experience* constituye la segunda entrega de la trilogía *Proyecto Nocilla,* de la cual *Nocilla Dream*

(editorial Candaya, 2005) es la primera, y *Nocilla Lab* será la tercera.

*Proyecto Nocilla* responde al intento de trasladar ciertos aspectos de la poesía postpoética, que en su día teoricé, al ámbito de la narrativa.

AGRADECIMIENTOS:

A mis padres, que me regalaron una silla de presidente para poder escribir mejor, a mi viejo iMac G3 de color naranja, que me ayudó a escribir este libro, a la batería de Stewart Copeland, que me indicó que también en la narrativa otros ritmos eran posibles, a la programación de televisión más allá de la medianoche, al plástico en todas sus versiones.

DEDICATORIA:

A Aina Lorente Solivellas

Visita el blog de Agustín Fernández Mallo

http://blogs.alfaguara.com/fernandezmallo